Lizzie Doron

Sweet Occupation

Aus dem Hebräischen
von Mirjam Pressler

dtv

Von Lizzie Doron ist bei dtv außerdem lieferbar:
Das Schweigen meiner Mutter (14254)
Who the Fuck Is Kafka (14484)
Warum bist du nicht vor dem Krieg gekommen (14545)
Ruhige Zeiten (14574)
Es war einmal eine Familie (14603)
Der Anfang von etwas Schönem (14630)

MIX
Papier aus verantwortungsvollen Quellen
FSC® C019821

Umschlaggestaltung: dtv unter Verwendung eines Fotos
von action press/Zuma Press, Inc.
Satz: Fotosatz Amann, Memmingen
Druck und Bindung: Druckerei C.H.Beck, Nördlingen
Gedruckt auf säurefreiem, chlorfrei gebleichtem Papier
Printed in Germany · ISBN 978-3-423-14691-3

Für Jamils Mutter,
Hemda Jamil Abdallah

Selbst nachdem sie einen Sohn verloren hatte, kämpfte sie darum, Frieden ohne Gewalt zu erringen. Sie wollte, dass keine Mutter, auch nicht die Mutter des Feindes, die Tragödie erleide, Söhne zu verlieren. Sie war es, die für Jamil und seine Freunde den Weg für einen gewaltlosen Kampf ebnete. Bis der Frieden kommt.

Inhalt

Prolog

All die Wechselbäder der Gedanken und Gefühle endeten nicht mit dem Tag, an dem ich das Manuskript ins Lektorat und zur Übersetzung gab.

Um dieses Buch zu schreiben, traf ich mich mit Terroristen und Verrätern, ich verbrachte mehr als ein Jahr mit Menschen, die im Gefängnis gesessen hatten.

Ich sagte mir, du wirst eine interessante Geschichte haben.

Die vermeintlich klare Wirklichkeit, an die ich glaubte, zerbrach allerdings schon bei meiner ersten Begegnung mit Mohammed, Suliman, Jamil, Chen and Emil.

Die Gespräche mit ihnen zerstörten die Geschichte, die ich mir selbst erzählt hatte. Die Geschichte, die ich von vielen meiner Freunde übernommen hatte – eine Geschichte, die jener tagtäglichen Wirklichkeit entsprang, der ich mein ganzes Leben lang ausgesetzt war: Kriege, Straßen voller Blutlachen – auf Fernsehbildschirmen, in Zeitungen, in Reden der Politiker, in Gesprächen mit Freunden.

Die Treffen mit diesen Menschen entzogen mich der vertrauten und bequemen Balance. Ich wurde von einem Strom ergriffen. Ich war gezwungen, meine Denkmuster zu überprüfen, das rechte Wort zu finden, Fragen zu stellen, die ich nie zuvor gestellt hatte.

Wie sitzt du mit jemandem, der einen deiner Freunde getötet haben könnte?

Wie stellst du die Frage, sag mir, wen du getötet hast?

Wie bezeichnest du einen Terroristen, der dein Freund wurde?

Wie trinkst du einen Kaffee mit einem, der sich weigert, in der Armee zu dienen und unser Land zu schützen?

Wie kommst du zurecht mit dem Schrei, dem Zorn, der Anschuldigung, der Scham oder der Angst?

Und dann mit der Sympathie, mit Freundschaft und Liebe?

Ist irgendwas schiefgelaufen mit mir?

Oder bin ich durch sie vielleicht zu meinen abgeriegelten innersten Bezirken vorgedrungen, meinen Schranken, meiner ursprünglichsten Angst, meinen Vorurteilen?

Meine Bekanntschaft mit ihnen und die Wahrnehmung meiner Welt haben die Grenzen meiner Seele neu bestimmt. Ich konnte mich der bewussten Bezwingung meiner Haltungen, meiner Gefühle und meines Verhaltens nicht widersetzen.

Jemand, der mein Feind war, lehrte mich, dass ich das, was ich bislang dachte, nicht zwingend auch morgen noch denken musste. Ich lernte, meine Angst zu überwinden, es zu wagen, bereit zu sein, einer Geschichte zuzuhören, die parallel zu meiner verläuft, und dennoch nach Schnittpunkten mit ihr zu suchen.

Viele meiner Freunde warfen mir vor, ich sei zu weit gegangen, habe rote Linien überschritten, Verleger meines Landes warnten mich, dieses Buch werde womöglich nie in Israel erscheinen.

Aber ich hatte keine Alternative.

Lizzie Doron, Tel Aviv 2017

Vorabend des Gedenktages

Mai 2014

Es ist halb sechs Uhr abends. Ich überquere die Straße, laufe zu Salims Restaurant hinüber, nicht weit von unserem Haus. Ich weiß, Salim wird mich mit einem Lächeln empfangen und mir verkünden, dass er mir ganz frischen Hummus zubereitet habe, für die Feier des Unabhängigkeitstages morgen Abend.

Für mich gehört das zu den Festvorbereitungen, ich bin für den Hummus zuständig.

Im Restaurant warten außer mir noch drei weitere Leute, bestimmt gehört Salims Hummus auch für sie zum Feiern dazu.

Alle haben es eilig, die Zeit drängt. Laut Gesetz müssen Vergnügungsstätten und Restaurants am Vorabend des Gedenkens um sechs Uhr schließen. Man muss sich beeilen, um noch etwas zu kaufen oder die Bestellungen abzuholen. Während ich an das Fest denke, tritt ein weiterer Kunde ein.

Ist das eine flüchtige Erinnerung oder ein Irrtum?

Habe ich diesen Mann nicht in Silwan getroffen? Ist er Nadims Nachbar?

»Ich glaube, ich kenne Sie, aber vermutlich irre ich mich«, sage ich verwirrt, als mir klar wird, dass er bemerkt hat, wie ich ihn anstarre.

Er lächelt. »Vielleicht auch nicht.«

»Was machen Sie hier?«, frage ich, fast etwas unhöflich.

»Ich kaufe Hummus.«

Salim reißt überrascht die Augen auf. »Kennt ihr euch?«

»Sie hat ein Buch über meinen Nachbarn und über Silwan geschrieben«, antwortet der Mann, an dessen Namen ich mich nicht erinnere.

»*Wallah*«, sagt Salim und lächelt mich an, »zehn Jahre bist du schon hier und ich weiß nichts über dich.«

»Doch! Zwei Kilo Hummus für den Unabhängigkeitstag.«

Die anderen Kunden haben das Lokal jetzt verlassen, nur wir drei sind noch da.

An der Tankstelle nebenan warten Autos in einer Reihe, die meisten sind mit einem israelischen Fähnchen geschmückt.

Bald wird sie da sein, die bedrückte Stimmung, die zum Gedenktag für die Gefallenen gehört.

»Ich habe gehört, dass Ihr Buch über Nadim in Deutschland sehr erfolgreich ist«, sagt der Mann, während Salim meinen Hummus einpackt.

»*Jallah*, Mohammed, sag, was du möchtest, ich muss gleich schließen.« Salim unterbricht uns, als er fertig ist, und deutet auf seine Uhr.

Mohammed! Wie konnte ich das vergessen? Nadim hat mir viel über ihn erzählt. Er gehört zu den Gründern der »Friedenskämpfer«. Auf ihrer Seite sind das ehemalige Terroristen und auf unserer Leute, die den Kriegsdienst in den besetzten Gebieten verweigern, sie haben zusammen eine Bewegung gegründet, die sich für Frieden ohne Gewalt einsetzt. Jetzt verstehe ich auch, warum er hier ist: Die israelisch-palästinensischen Gedenkfeierlichkeiten finden auf der anderen Straßenseite statt, auf dem Messegelände.

Ich merke, dass ich ihn wieder anstarre, und binde, um beschäftigt zu wirken, die Schlaufen der Plastiktüte zusammen, in die Salim die Hummusbecher gestellt hat.

»Haben Sie Lust, heute Abend zu unserer Zeremonie zu kommen?«, fragt Mohammed, als könne er meine Gedanken lesen, während er darauf wartet, dass Salim auch seine Bestellung einpackt.

Also wirklich. Das ist, wie zusammen mit den Mördern weinen. Nie im Leben werde ich meine Toten verraten. Sie können in Frieden ruhen. Sie wissen, dass ich sie nicht vergesse, dass ich nie auf den Gedenktag verzichte.

»Tut mir leid, aber …« Ich wische mir den Schweiß von der Stirn und lasse den Satz unvollendet.

»Schreiben Sie doch auch ein Buch über uns«, sagt er, so beiläufig, als ginge es um eine Einladung zu einer Tasse Kaffee. »Sie müssen nicht gleich antworten«, fügt er hinzu, als er meine Verlegenheit bemerkt.

Auf dem kurzen Weg nach Hause bin ich voller Unruhe. Könnte das nicht der Beginn einer neuen Geschichte sein, oder besser noch, eine Fortsetzung? »Wir sind eine Geschichte für mindestens drei Bücher«, hatte Nadim gesagt, damals, als ich ihm mitteilte, dass ich unser Buch [›Who the Fuck Is Kafka‹] beendet hatte.

Zu Hause angekommen stelle ich den Hummus in den Kühlschrank und googele die Friedenskämpfer.

»Wir glauben, dass der Frieden nicht von selbst kommt. Er braucht Beharrlichkeit, Verbindlichkeit und stetige Arbeit. Je größer der Kreis der Menschen wird und je aktiver sie sind, umso größer wird der Einfluss unserer Bewegung auf die Realität … Unter den Aktivitäten der Bewegung kommt der palästinensisch-israelischen Zeremonie zum Tag des Gedenkens besondere Bedeutung zu. An diesem schweren Tag rufen die Friedenskämpfer beider Seiten auf, den Schmerz und die Hoffnung jener anzuerkennen, die auf der anderen Seite des Zauns leben, und zu versuchen, den nächsten Krieg zu verhindern …«

Noch während ich ins Lesen vertieft bin, zerschneidet der Ton der Sirene die Luft.

Ich mache den Computer aus, erschrocken wie jemand, der beim Betrachten eines Pornos erwischt wird.

Schweigend bleibe ich stehen, und wie jedes Jahr kommen sie zu mir zurück. Sehr lebendig kommen sie zurück und zerreißen mir das Herz.

Fast fünfundvierzig Jahre sind seit jenem schrecklichen Jom Kippur vergangen, und noch immer schaffe ich es nicht, sie während der Sirene sterben zu sehen. Da ist vor allem Rafael, mit geschlossenen Augen, er spielt den Säbeltanz von Chatschaturjan, bewegt den Körper im Takt, in vollkommener Harmonie mit dem Akkordeon, das wie ein Teil seines Körpers wirkt. Dann erscheinen Gadi, mit dem Pilotenabzeichen, und Micki mit dem verbrannten Gesicht. Und hinter ihnen Jehuda und Motti.

»Angenommen, dass …?«, fragte mich Rafael.

»Angenommen was?«

»Angenommen, wir wären Freunde.«

»Was dann?«

Er hielt den Brief in der Hand, der ihm bestätigte, dass er als Geiger des Armeeorchesters angenommen worden war.

»Und was würdest du zu mir sagen?«, fragte er.

»Ich denke, Panzerkorps.«

»Ich hab's gewusst. Das habe ich auch gedacht. Panzerkorps wäre mir lieber.«

Frühjahr 1967

Wir wollen bauen, immer nur bauen, uns gehört das Land. Wir wollen bauen, immer nur bauen, das ist seit Generationen unser Wunsch und Begehr.

Ein Liederabend bei den Pfadfindern. Es war kalt, aber ich beschwerte mich nicht. Um mich herum sangen alle, und weil meine Kameraden sangen, sang ich auch.

Racheli, Rina, Rafael, Gadi, Micki und ich waren unzertrennlich. Wir waren im selben Jahr geboren, wir wohnten im selben Viertel, unsere Eltern stammten aus demselben »Dort«.

Das Lied unserer Einheit singen wir zum Gedenken, dunkel, dunkel ist das Wadi. Wache: Stillgestanden. In der Nacht geht die Gruppe, zum Kampf und zum Schutz,

Ich sang aus voller Kehle.

Gadi lachte. »Du singst falsch.«

Rafael, der neben mir saß, legte mir die Hand auf die Schulter und flüsterte mir liebevoll zu: »Es ist besser, wenn du nur die Lippen bewegst.«

Wir reiten auf silbernen Flügeln, Ritter des Windes
in den Wolken.

Sie sangen weiter, ich bewegte nur noch die Lippen.

Niemand war überrascht, als Gadi nach dem Lied verkündete, er würde Pilot bei der Luftwaffe werden.

»Ich gehe zum Panzerkorps«, sagte Rafael. Er sagte, ein Panzer sei wie ein Haus, es sei die sicherste Waffenart.

Micki meinte, er müsse noch überlegen, wohin er sich melden würde, betonte aber, dass er auf jeden Fall zu einer Kampfeinheit gehen wolle. »Bei uns liegt es in der Familie«, sagte er und erinnerte uns an seinen Onkel Schulem, der Stolz der Familie, der in den Kämpfen um den Sinai gefallen war.

Wir versprachen unseren Freunden, ihren Eltern gegenüber kein Wort darüber zu verlieren. Sie würden sich Sorgen machen.

Wir waren vierzehn Jahre alt.

Das Bild in meinem Kopf wechselt, ich meine einen sommerlichen Windhauch zu spüren. Am Horizont segeln weiße Wolken. Vor mir taucht der Strand auf, Micki, der den Arm um Rina gelegt hat, Gadi seinen um Racheli, und ich sitze zwischen Rafael und Emil. Wieso fällt mir Emil auf einmal ein? Seit Jahren habe ich nicht mehr an ihn gedacht.

Sommer 1965

Jehuda, unser Gruppenleiter bei den Pfadfindern, stellte uns ein neues Mitglied vor, einen Einwanderer aus Polen. Neben ihm stand ein Junge, aufrecht und gut aussehend, mit schwarzen Haaren und dunklen Augen, fremdartig gekleidet in langen Hosen, einem geknöpften Hemd, hohen Schuhen und Wollkniestrümpfen.

Gadi brach in Lachen aus. Und wenn Gadi lachte, lachten alle.

Auch ich.

»Er heißt Emil«, sagte der Gruppenleiter.

Das Gelächter wurde lauter.

Er rief uns zur Ordnung und forderte uns auf, uns selbst vorzustellen.

»Alisa«, sagte ich.

»Elisabeth«, sagte Micki kichernd.

Wieder lachten alle.

»Emil und Elisabeth«, er konnte es nicht lassen.

Noch mehr Gelächter.

Ich wurde rot.

Auch Rafael.

Emil betrachtete uns gelassen. Auf seinem Gesicht erschien keine Spur von Lächeln, er musterte uns nur mit einem scharfen, durchdringenden Blick.

»Ein hübscher Kerl«, flüsterte Racheli Rina zu.

»Was heißt da hübsch, ein Polacke«, befand Rina.

Jehuda, unser Gruppenleiter, brachte uns zum Schweigen und befahl uns ungehalten, uns in Dreierreihen aufzustellen und Appell zu stehen.

Micki, Rafael und Gadi bildeten die erste Reihe.
Racheli, Rina und ich die zweite.
Danach folgten alle anderen in Dreierreihen.
Ich warf einen Blick zurück.
Emil ging allein als Letzter.

Zurück zum Strand.

Wir waren ein eingeschworener Haufen, hatten uns auf dem heißen Sand ausgestreckt, nur Emil saß in einem Liegestuhl, versunken in ein Astronomiebuch.

Ich betrachtete ihn heimlich.

Rina sprach als Erste, sagte, sie wolle zum Nachrichtendienst. Gadi nahm an, dass Rina Oberstleutnant werden würde, denn schöne Frauen dienten beim Nachrichtendienst, so wie die Besten zur Luftwaffe gingen, und Micki teilte uns endlich mit, er habe sich entschieden, freiwillig bei einer Elite-Patrouille zu dienen.

Gadi wandte sich an mich. »Und du?«, fragte er.

»Ich …«

Emil hob den Blick von seinem Buch und schaute mich interessiert an.

»Sie wird zum *Nachal* gehen«, antwortete Rafael für mich.

Während wir darüber sprachen, zu welchem Bataillon wir uns melden wollten und wer von uns im nächsten Krieg ein Held sein würde, konnte ich ihm nicht in die Augen sehen. Dennoch sah ich wieder und wieder zu Emil hinüber, ich wollte wissen, wozu er sich melden würde. Aber bevor ich es wagte, ihn zu fragen, behauptete Gadi, Emil, der Feigling, würde sich zum Dienst in der Kantine melden und uns allen Waffeln verkaufen.

Wir lachten.

»Ich hoffe, es wird Leute geben, denen ich Waffeln verkaufen kann«, sagte Emil, ohne den Kopf von seinem Buch zu heben.

Mai 2014

Gedenktag für die gefallenen israelischen Soldaten

Nach der zweiten Sirene fällt mein Blick wieder auf den Bildschirm. Die Fahne steht auf halbmast, Politiker, Rabbiner, Offiziere, Eltern, Brüder, Schwestern und Freunde, Sprecher, die das Kaddisch sagen, Gedichte des Gedenkens, Berichterstatter der Kriege, Geschichte der Gefallenen in den verschiedenen Kriegen, die Hymne.

Mai 1968

Gedenktag für die gefallenen israelischen Soldaten

Ich sah Blumensträuße vor mir.

Ein Blumenstrauß für Rafael.

Ein Blumenstrauß für Gadi.

Ein Strauß für Jehuda, unseren Gruppenleiter.

Ein Strauß für Motti, Rinas Bruder.

Und Micki, der schwere Verbrennungen erlitten hatte, nur ein Schatten des alten Micki, geht zwischen den Gräbern umher.

Ein schneller, abgehackter Clip flackert durch meinen Kopf.

Die Wache stand still.
Die verehrten Redner betraten die Bühne.
Ich betrachte die Grabsteine.

»Rafael Josef Levi.
Sohn von Sara und Mordechai.
Gefallen in den Kämpfen um die Golanhöhen.
Er wurde einundzwanzig Jahre alt.
Seine Seele möge am ewigen Leben teilhaben.«

Wieso ist nichts von dir geblieben?, fragte ich ihn dreißigtausend Fuß über dem Meeresspiegel.

Auch als man mir sagte, sein Panzer sei direkt getroffen worden, konnte ich mir nicht vorstellen, dass nichts von ihm übrig geblieben war, dass sie nur Reste von der Wand des verbrannten Tanks gekratzt hatten. Um standzuhalten, summte ich für mich den Säbeltanz, zu dem auch jetzt die Melodie seines Akkordeons erklang.

»Gadi Schiowitz.
Sohn von Mirjam und Jizchak.
Gefallen im Kampf um den Sinai.
Er war einundzwanzig Jahre alt.
Seine Seele möge am ewigen Leben teilhaben.«

Sein Flugzeug wurde direkt getroffen, er schaffte es nicht abzuspringen.

Man sagt, er habe nicht gelitten.

Nur Micki war am Leben geblieben.

Er wurde von feindlichem Feuer getroffen. Geriet in seinem gepanzerten Fahrzeug in Brand.

Racheli, Rina und ich besuchten ihn im Krankenhaus.

Als er zu Bewusstsein kam und wieder sprechen konnte, bat er uns, nicht mehr zu kommen.

Als wären nicht über vierzig Jahre vergangen. Dieser Krieg und ich, immer der gleiche Albtraum. Immer die selben Gesichter und Namen.

»Die Blume, die wir uns im Gedenken an die Gefallenen ans Revers stecken, ist eine Blume der Makkabäer. Der Überlieferung nach erblühte diese Blume da, wo das Blut von Helden der Makkabäer vergossen wurde.«

Die Lehrerin hielt in einer Hand die Abzeichen, und bevor sie sie uns ansteckte, erklärte sie ihre Bedeutung. Emil meldete sich und sagte, dass die Sitte, sich eine Blume ans Revers zu heften, aus England stamme, aus der Zeit nach dem Ersten Weltkrieg. In England waren es *poppies* – sie symbolisierten die Mohnblumen, die in Flandern wuchsen, das Heldentum der britischen Soldaten. »Das war nicht unsere Idee, und es hat nichts mit den Makkabäern zu tun«, fasste er zusammen.

Die Lehrerin schnitt Emil das Wort ab und sagte, die Sirene werde gleich ertönen und die Zeremonie müsse beginnen. Sie steckte ihren aufgeregten Schülern die Abzeichen mit der

Blume der Makkabäer an. Bei mir hinterließ der Stich einen winzigen Blutstropfen auf meiner weißen Bluse.

Emil war der Erste, der den bedauernswerten Unfall bemerkte. Er musste lachen und flüsterte: »Im nächsten Jahr wird dir an dieser Stelle eine Blume der Makkabäer wachsen, nach zwei Jahren zwei, und wenn du alt bist, wirst du ein ganzes Blumenbeet haben.« Als die Lehrerin hörte, was er sagte, schloss sie ihn von der Zeremonie aus. Sie sagte, er lasse es am nötigen Respekt für die Gefallenen fehlen.

Die Zeremonie begann.

Gadi schlug die Trommel, Micki ließ die Nationalfahne auf halbmast herunter.

Die Sirene zerschnitt die Luft.

Die Nadel stach und ich stand stramm.

Als die Sirene verstummte, griff Rina, die Solistin des Chors, nach dem Mikrofon und sang *Es brüllten die jungen Männer, der Krieg war vorbei*.

Racheli las das Gedicht »Hier liegen unsere Körper«.

Dann betraten alle Klassenkameraden, die ein Familienmitglied verloren hatten, einer nach dem anderen die Bühne.

Sie lasen die Namen vor.

Micki war der Erste, wegen seines Onkels Schulem.

Ich wünschte, ich hätte einen Heldenonkel. Ich wünschte, ich hätte einen Bruder, der im Kampf gefallen war. Was für ein Gedanke.

Am Schluss des »Gedenke« durfte ich die Kerze des Gedenkens anzünden. Und danach spielte Rafael auf seinem Akkordeon *Bab el-Wad, gedenket für immer unserer Namen …*

Zur Beendigung der Zeremonie stellten wir uns alle vorn auf der Bühne auf und schworen, die Gefallenen nie zu vergessen.

»Ich schwöre«, rief ich mit allen.

Mai 2014

Am Ende des Gedenktages

Die Zeremonie des Zündens der Fackel auf dem Herzlberg. Und wieder sind Politiker, Rabbiner, verwaiste Eltern versammelt. Die Fahne wird gehisst, Feuerwerk, die Hymne.

Aber die Freude über den Unabhängigkeitstag will sich nicht einstellen. Die Bedrückung will nicht weichen.

Wieder Karaoke und Grillen, aber was wird danach kommen? Der nächste Krieg?

Trotz dieser Empfindungen und Gedanken raffe ich mich auf und gehe zu einer der Partys. Bevor ich das Haus verlasse, bekomme ich von Mohammed eine Freundschaftsanfrage auf Facebook.

Ich stimme zu.

»Hast du schon mit dem Schreiben begonnen?«, textet er und fügt ein Smiley hinzu.

Ich begreife, dass der Satz, den er mir zugeworfen hatte, während wir bei Salim auf den Hummus warteten, nicht nur so dahingesagt war.

Dieser Mann scheint entschlossen, er würde nicht einfach aufgeben.

»Hier ist die Handynummer von Suliman. Du solltest mit ihm anfangen. Ruf ihn an, gib ihm eine Chance. Ich schwöre dir, du wirst es nicht bedauern. Du bekommst von uns ein prima Buch.«

Beruhige dich, sage ich laut zu mir.

Später essen wir alle Kebab und singen unsere Lieder.

Weil das unser, unser Land ist … Ich bewege nur die Lippen.

Das ist schon Tradition.

30. Mai 2014

Soldaten vom Grenzschutz verhindern einen Selbstmordanschlag, als sie an der Straßensperre einen palästinensischen Terroristen mit einem Sprengstoffgürtel erwischten.

Es gibt nichts Neues unter unserer Sonne.

12. Juni 2014

Tel Aviv

Ich treffe ihn um die Mittagszeit im Restaurant gegenüber unserer Wohnung.

Als er mich kommen sieht, leuchten seine Augen.

»Ich freue mich, dass du so spontan gekommen bist, noch dazu so schnell«, sagt Mohammed. »Danke, wirklich danke.«

Ich bleibe vorsichtig, sage nicht, dass ich gleich gegenüber wohne.

»Entschuldige, dass es so kurzfristig ist, ich bin auf dem Weg zu einer Verabredung, und als ich tankte, kam mir die Idee.« Er trägt ein Jackett und sieht irgendwie feierlich aus.

»Ich freue mich wirklich, dass du gekommen bist«, sagt er noch einmal und schlägt vor, dass wir uns in eine ruhige Ecke des Lokals setzen. Er hebt die Hand, um den Kellner zu rufen. Als er kommt, spricht er arabisch mit ihm.

»Schawarma, ist dir das recht?«, fragt er mich.

»Ich bin Vegetarierin.«

»*Wallah*, wie konnte ich das vergessen, du bist schließlich aus Tel Aviv, was für ein Dummkopf bin ich doch. Obwohl ihr alles habt, esst ihr am Schluss Kopfsalat.« Er lacht und bestellt für die Dame Salat und fährt fort, mit dem Kellner arabisch zu sprechen, deutet auf mich und lächelt.

»Redest du über mich?«

»Was heißt da reden? Das ist Amer, ein Onkel von mir.«

»Ein Onkel? Wirklich?«

»Es ist schwer mit dir. Du beharrst hartnäckig darauf, mir nicht zu glauben, auch wenn ich die Wahrheit sage. In Deutschland glaubt man mir, auch wenn ich lüge.« Wieder lächelt er. »Aber darum geht es nicht. Außerdem muss ich bald los, konzentrieren wir uns deshalb auf das Wesentliche. Ich möchte dir etwas Außergewöhnliches vorschlagen.«

Wir ignorieren die verschiedenen Salate, den Hummus, die Fladen und das Schawarma, die auf dem Tisch stehen.

»Ich habe einen Freund, einen wahrhaft Intellektuellen, so einer, für den es kein Buch gibt, das er nicht gelesen hat. Er sagt immer, dass Literatur und Theater unsere Gesellschaft zwar nicht verändern, aber die Kraft besitzen, unsere Aufmerksamkeit auf komplizierte Themen zu richten. Er hat vorgeschlagen, wir sollten die Literatur für unsere Träume nutzen.«

Ein Freund, und sein Name ist Walter Benjamin.

»Normalerweise gehöre ich nicht zu denen, die sich an alle Details erinnern, aber heute, als ich tankte, sind mir plötzlich einige Dinge in den Kopf gekommen. Ich habe mich erinnert, in deinem Facebookaccount war zu lesen, dass du noch nicht weißt, wovon dein nächstes Buch handelt. Immer würde jemand dir irgendetwas über das Leben erzählen, über Menschen, über Erinnerungen, über Liebe oder über Qualen, und wenn dich die Geschichte fasziniere, würde ein neues Buch geboren. Deshalb habe ich einen Vorschlag: *Wir* werden dein neues Buch.«

»Wer ist das, wir?«, frage ich.

»Die *Friedenskämpfer*. Hast du schon etwas von ihnen gehört?«

Also keine Paranoia. Ich sitze neben einem Terroristen.

Ich bin eine Linke, aber soll ich neben einem Mörder vor einem Teller Hummus und Salat sitzen? Welchen Autobus hat er in die Luft gejagt? Wen hat er umgebracht? Auch Frauen und Kinder? Hat er geplant oder ausgeführt? Mit Fernbedienung, mit einem Gewehr, mit einem Messer? Hat er triumphiert, als sie starben?

Die Gedanken hämmern in meinem Kopf. Es ist wie in einem schlechten Film. Zweifellos bemerkt er, wie sich mein Gesicht verdüstert.

»Auf Facebook hast du geschrieben, dass jeder Schriftsteller eine Geschichte braucht. Ich liefere dir Supergeschichten.« Er versucht, mich zu gewinnen.

Fuck, ich sitze in einem Restaurant mit einem Terroristen.

Er will mich einwickeln, das spüre ich. »Der Hummus hier ist großartig«, sagt er, obwohl weder er noch ich die appetitlich angerichteten Teller auf dem Tisch angerührt haben.

Ich versuche, tief zu atmen. Die Friedenskämpfer haben sich für einen Dialog entschieden, sage ich mir. Ehemalige Terroristen von ihrer Seite, Kriegsdienstverweigerer in den besetzten Gebieten von unserer.

Sie haben eine gemeinsame Bewegung gegründet.

»Schau, ich habe meinen alten Werkzeugkasten weggepackt«, fährt er fort. »Jahrelang habe ich geglaubt, wir könnten nur durch euren Tod etwas gewinnen. Heute glaube ich, du und ich könnten ein Paradies haben.«

»Ein Paradies? Wo?«, frage ich.

»Zwischen dem Meer und dem Jordan«, sagt er und schaut mich mit einem tiefen Blick an.

»Zumindest solltest du es versuchen«, fährt er fort.

»Was versuchen?«

»Uns kennenzulernen.«

Ich schaue ihn verwirrt an.

Er greift sich mit beiden Händen an den Kopf. Mein Blick verrät meine Gedanken, das ist klar. Er ändert die Taktik. »Ich kenne einen Witz, der uns vielleicht weiterhilft. Eine linke Junggesellin sucht händeringend nach einem gleichgesinnten Liebhaber. Ihre

Freude ist groß, als sie jemanden findet, der wie sie zu jeder Demonstration geht, der keine Produkte aus den besetzten Gebieten kauft, der die grüne Linie nicht überschreitet, der nur linke Parteien wählt. Sie verliebt sich auf der Stelle in ihn. Sie ziehen zusammen und sprechen sogar von Heirat. Dann sagt er eines Abends zu ihr, er wolle mit seinen Freunden ausgehen.

›Mit wem?‹, will sie wissen.

›Mit Achmed, Fadi und Nidal‹, antwortet er.

›Was, du hast arabische Freunde?‹, fragt sie verblüfft.

›Klar‹, antwortet er.

›Das war's‹, sagt sie. ›Pack deine Sachen und hau ab.‹«

Er schaut mich an.

Das sollte ein Witz sein?

»Oh, ich bin spät dran, ich muss los«, sagt er mit einem Blick auf die Uhr.

Er hat es aufgegeben.

Er beeilt sich, die Rechnung zu verlangen und das Essen zu bezahlen, das wir nicht gegessen haben.

Auf der Rechnung, die auf dem Tisch liegen bleibt, notiert er eine Telefonnummer.

»Das ist die Handynummer von Suliman. »Ich bitte dich, ruf ihn an, glaub mir, du wirst es nicht bereuen, er wird dir ein Buch liefern«, sagt er und verschwindet.

»Wenigstens einen schwarzen Kaffee mit Zucker und Kardamom?«, schlägt der Kellner vor, der enttäuscht das Essen abräumt.

Aus Höflichkeit bleibe ich noch ein paar Minuten sitzen. Der Kaffee hilft mir, die Gedanken zu ordnen und meine trockene Kehle zu befeuchten.

»Übrigens, wie sind Sie miteinander verwandt?«, frage ich den freundlichen Kellner, bevor ich gehe.

»Ismael ist unser Vater, Mohammed unser Prophet, wie sollten wir nicht verwandt sein?«

Das ist seine Antwort.

12. Juni 2014

Drei junge Israelis werden in der West Bank gefangen genommen und getötet.

Mörder.

Raketen werden auf Siedlungen in der Nähe von Gaza abgeschossen.

Juli 2014

Operation »Fels in der Brandung«

Drei Wochen nach meinem Treffen mit Mohammed kehrt der Alltag in unser Paradies ein.

Erneut sind überall im Land Sirenen zu hören, am Himmel sind Raketen, auch über Tel Aviv.

Ein scharfes Pfeifen, Stürzen, ein Aufschlag. Angsteinflößend.

Wir füllen den Schutzraum unserer Wohnung wieder mit Wasserflaschen und Tüten voller Nahrungsmittel, und bei jedem Sirenengeheul renne ich samt Handy in den Schutzraum und kontrolliere, ob meine Familie und Freunde Schutz gefunden haben, ob niemand verletzt wurde.

In der Pause zwischen Sirene und Entwarnung hänge ich am Fernseher.

Flugzeuge bombardieren, Kämpfer pirschen, Kanonen schießen, Feuer und Rauchsäulen, und wieder tauchen vor mir die Verwundeten und Getöteten auf.

Brennen in meinem Bauch, Angst und Verzweiflung in meinem Herzen.

Von morgens bis abends hocke ich vor der Glotze. Mein Leben spielt sich zwischen den Schlagzeilen der Zeitungen, den verschiedenen Radiosendern und den Fernsehnachrichten ab.

Ein Soldat, erst einundzwanzig, kam ums Leben. Er fiel am ersten Tag der Kämpfe. Sein zehnjähriger Bruder hielt eine Trauerrede und fragte, warum sein Superman nicht mehr da war.

Auch meine Supermen waren umgekommen. Man hatte mir Rafael und Gadi umgebracht, man hatte Micki verbrannt, man hatte meine Kindheit verbrannt, meine Jugend, meine Seele.

Und in allen Kriegen seither hatte es weitere Tote gegeben.

Töten, sie für immer besiegen, so heißt es bei *beiden* Völkern.

Ich will, dass es aufhört.

Es ist genug.

»Die Gründe für den Krieg und die Lösungen sind schon nicht mehr relevant, in dieser Phase will jede Seite nur gewinnen«, sagen die Experten des Nahen Ostens.

An einem Abend verkündet der Nachrichtensprecher, eine kleine Gruppe habe sich auf dem Rathausplatz versammelt und demonstriere gegen den Krieg.

Das ist bei uns nicht üblich, jedenfalls nicht während eines Krieges!

Ein Passant erscheint auf dem Bildschirm und fragt aufgebracht, wie es sein könne, dass man demonstriere, während die Siedlungen im Süden von Raketen bombardiert werden, während unsere Soldaten kämpfen und für uns sterben.

»Diese beschissenen Typen«, schimpft er auf die Demonstranten, »schaut sie euch an, sie weinen über diejenigen, die uns umbringen.«

»Betrüger!«, schreit er heiser.

Ein Journalist versucht, den Mann zu beruhigen, der am ganzen Körper zittert.

Er will sich nicht beruhigen lassen. »Ich bin ein hinterbliebener Bruder und spucke auf die Demonstranten«, schreit er.

»Wir alle zusammen, ohne Hass und Angst«, rufen einige Plakate tragende Demonstranten, die sich hinter dem Redner versammeln. »Juden und Araber weigern sich, Feinde zu sein.«

»Es ist nicht selbstverständlich, dass wir demonstrieren, während unsere Soldaten kämpfen«, sagt ein gut aussehender hellhaariger Mann in den Vierzigern in das Mikrofon des Journalisten. »Ich bin traurig über alle, die umkommen. Was jetzt geschieht, ist eine Tragödie für beide Seiten. Wir müssen aufhören zu fragen, wer die größeren Rechte hat …«

»Tod den Arabern! Tod den Arabern!«, fallen ihm ein paar zufällig vorbeikommende Jugendliche grölend ins Wort.

»Wir sind voneinander abhängig, es geht um unser Leben

und um unsere Sicherheit, und es wird nie aufhören, wenn wir nicht reden.«

Ich erkenne den Mann, der den Jugendlichen widerspricht: Mohammed.

Mein Herz wird weit, ich bin aufgeregt, als sähe ich einen Freund, einen Verwandten.

Nein, nicht wirklich.

Es ist Krieg, erinnere ich mich.

Der Journalist hebt das Mikro an den Mund.

»Tiere! Mörder!« Die Rufe im Hintergrund werden lauter, übertönen Mohammeds Stimme.

»Ihr habt kein Herz«, schreit einer der jungen Leute und hebt zur Bekräftigung seiner Worte drohend die Hand.

Mohammed bleibt stehen, er weicht nicht zurück. »Wem bricht nicht das Herz, wenn ein palästinensischer Vater seinen toten Sohn bittet: ›Wach auf, mein Sohn, ich habe dir ein Spielzeug gekauft.‹ Und wem bricht nicht das Herz, wenn ein Kind am Grab seines Bruders steht, eines Soldaten, und fragt: ›Warum hat man meinen Superman begraben?‹«.

Der junge Mann will nichts hören. Immer mehr Menschen versammeln sich auf dem Platz, und Mohammeds Stimme geht im Meer der Rufe unter. Sein Gesicht verschwindet vom Bildschirm, die Sendung wird ins Studio zurückgeschaltet.

Ich versuche ruhig zu atmen, aber ich muss zugeben, dass mir seit unserem Treffen an der Tankstelle sein Vorschlag nicht mehr aus dem Kopf geht. Ich suche nach Sulimans Handynummer, werde aber von einer Sirene unterbrochen. Ich renne in unseren Schutzraum.

Nachdem die Rakete gefallen ist, verlasse ich entsprechend

den Anweisungen der Etappenkommandantur den Schutzraum wieder. In meiner Handtasche finde ich die Rechnung, auf der Mohammed Sulimans Handynummer notiert hat.

*

»Suliman?«

»Ja, wer möchte das wissen?«

»Mohammed hat mir Ihre Telefonnummer gegeben.«

»Welcher Mohammed?«

»Von den Friedenskämpfern.«

»Aha«, sagt er.

Ich warte sein Aha kaum ab, ich brenne darauf, ihm zu sagen, dass ich eine Schriftstellerin aus Tel Aviv sei und Mohammed vorgeschlagen habe, wir sollten uns treffen.

»Mich zu treffen lohnt sich wirklich nicht«, unterbricht er mich.

»Gehören Sie nicht zu den Friedenskämpfern?«, frage ich verwirrt.

»Ich gehöre zu denen, die darum kämpfen, euch zu besiegen«, antwortet er.

Vor lauter Bestürzung entschuldige ich mich für die Störung und beende das Gespräch.

Hurensöhne sind sie, dieser Mohammed und seine Freunde.

»Zu wem hast du mich geschickt?«, schreibe ich Mohammed, begleitet von einem wütenden Emoji.

»Himmel, ich habe dir die Nummer des falschen Suliman gegeben«, entschuldigt er sich, »wir sollten nicht aufgeben.« Er schickt mir die richtige Nummer und fügt ein trauriges Emoji dazu.

Ersticke, wünsche ich ihm inbrünstig.
Verzweiflung.

August 2014

Der Krieg in Gaza geht weiter.
Verzweiflung.

26. August 2014

Eine Feuerpause wurde unterschrieben

Du musst die Eingebung nutzen.
Du wirst es dir nie verzeihen, wenn du es verpasst.
Gib nicht auf.

Ich rufe Mohammed an.

Ich höre ihm an, dass er sich freut. »Wir geben also nicht auf.«

September 2014

Jerusalem

Ein Café im Park, am Rand der Stadt, neben einem künstlich angelegten Teich. Die Sonne ist nach den brennenden Tagen im Juli und August schon müde geworden, ein paar Wolken segeln über den Himmel und eine leichte Brise vertreibt den Geruch der glühend heißen Tage.

Ich komme zu früh. Ich setze mich an den Rand der Caféterrasse mit Blick in den Park und beobachte den Weg. Araber kommen immer zu spät. Es heißt, wenn man sich mit ihnen verabredet, sagen sie: »Warte fünf Minuten, ich komme in zwanzig.«

Ich überlasse mich dem Wind, der mir den Schweiß auf der Stirn trocknet.

Nach etwa zehn Minuten taucht Mohammed auf.

»Ich bin hocherfreut, dass du einem Treffen zugestimmt hast«, sagt er feierlich.

Ich und ein Mörder, zusammen in einem Café? Es sind immer dieselben Gedanken. Wen hat er umgebracht? Auch Kinder und Frauen? Ich grübele, und zweifellos bemerkt er die Veränderung auf meinem Gesicht.

Der Kellner kommt, aber wir bestellen noch nichts. »Wir erwarten noch jemanden«, erklärt Mohammed.

Sein Handy klingelt. Ich hoffe, er antwortet, damit mir etwas Zeit bleibt, mich zu sammeln. Doch er drückt das Gespräch weg und legt das Handy auf den Tisch.

»Wer ist das?« Ich wundere mich selbst über meine Frage, als ich das Bild auf dem Display sehe.

»Meine Tochter«, sagt er mit einem breiten Lächeln.

Ich betrachte ihre dunklen Augen, die vollen schwarzen Haare. Kinder sind gut, man lächelt eher, wenn man über Kinder spricht.

»Wie alt ist sie?«

»Fünf.«

»Wie viele Kinder hast du?«

»Drei Töchter. Die älteste ist sechsundzwanzig, die mittlere zweiundzwanzig, und das ist die kleinste, Papas Liebling.«

»Wie alt bist du?«, will ich wissen.

»Vierundvierzig«, antwortet er.

»Und du hast eine Tochter von sechsundzwanzig, eine von zweiundzwanzig und eine von fünf?«, frage ich. »Wie viele Frauen?«

»Eine Frau.«

»Wie geht das?«

»Ist das ein Verhör«, fragt er, aber er lächelt dabei.

»Nun, eine sechsundzwanzigjährige Tochter? Hast du schon gleich nach der Geburt geheiratet?«

»Ich war siebzehn, als wir erfuhren, dass meine Mutter Krebs hatte.«

»Das tut mir leid«, sage ich.

»Was tut dir leid? Hör doch erst einmal zu. Ihr habt keine Geduld zum Zuhören, ihr kommt sofort zu Einsichten, und dann tut euch etwas leid, was euch nicht leidzutun braucht.«

»Dann tut es mir eben nicht leid.«

Wieder ein Lächeln. Ein nachsichtiges. »Aufgrund der Situation meiner Mutter erklärte mir mein Vater, dass ich mir eine Frau suchen müsse. Wir sind fünf Söhne, ich bin der älteste, ›und ohne Frau bricht das Haus zusammen‹, sagte er.

Araber.

»Nach zwei Wochen traf ich an der Universität ein junges Mädchen aus Galiläa, und einen Monat später waren wir schon verheiratet. Und jetzt«, sagt er ernst, »jetzt kannst du sagen: ›Es tut mir leid.‹«

Aber dafür lässt er mir keine Zeit.

»Nach einem Jahr, als meine Frau im Kreißsaal war, lag meine Mutter auf dem Operationstisch, und der Arzt teilte uns mit, sie habe kaum Chancen zu überleben. Die Tochter, die uns geboren wurde, nannten wir Madjda, nach meiner Mutter, aber ein paar Tage später stellte sich heraus, dass der Tumor diesmal gutartig war. Wir waren überglücklich, und so kam es, dass ich erst achtzehn war und mit Sofie und Madjda, meiner Tochter, und Madjda, meiner Mutter, und mit meinen Brüdern zusammengedrängt in einem kleinen, engen Haus lebte, schon deshalb leide ich an Klaustrophobie.«

Seine Offenheit verblüfft mich.

»Ein Palästinenser mit Klaustrophobie, das passt nicht gerade gut zusammen«, sage ich.

Er übergeht meine Bemerkung. »Soll ich weitererzählen?«, fragt er zögernd.

»Natürlich«, sage ich. Was mich betrifft, ich finde Reden immer leichter zu ertragen als Schweigen.

»In jenem Jahr schrieb ich mich zur Vorbereitung eines Jurastudiums an der Universität ein. Sofie und Madjda blieben zu Hause, und ich verbrachte meine Zeit in der Bibliothek. Und dort, sozusagen schlagartig, verliebte ich mich in die Bibliothekarin. Glaub mir, ich wusste nicht, was ich tun sollte. Was sollte ich zu meinem Vater sagen, was zu meiner Frau? Bei uns steht die Familie über allem. Bis ich eines Tages zu Hause ein paar

Sachen packte und zu Ilana zog, ins Haus ihrer Eltern in einer landwirtschaftlichen Siedlung. Anfangs waren sie nicht misstrauisch, denn ich sah gut aus, und für euch gibt es keine gut aussehenden Araber.«

Fast hätte ich ihm geschmeichelt, aber ich beherrschte mich.

»Nach ein paar Monaten, als ihr Vater herausbekam, dass ich Araber war, kippte die Stimmung, es dauerte nicht lange und er ging mit einer Spitzhacke auf mich los. Wir flohen nach Jerusalem. Wir wohnten bei einer alten Frau, die uns unter der Bedingung, dass wir uns um sie kümmerten, ein Zimmer vermietete. Sie war kinderlos und ein bisschen senil. Am Schluss erzählte sie den Nachbarn, sie habe ihren Sohn wiedergefunden, der Sohn, der ihr 1948 im Krieg umgekommen war. Ehrlich gesagt, ich sehne mich nach ihr, ich hatte sie sehr gern.«

Beginne auch ich, wie die alte Frau, diesen Mann zu mögen?

Ich weiche zurück. He, nicht so nahe.

Er senkt die Stimme. »Eines Tages, als ich in der Mittagspause die Cafeteria der Universität betrat, hörte ich plötzlich die Stimme Sofies, meiner Frau. ›Madjda, darf ich dir vorstellen, das ist dein Vater‹, sagte sie. Mir blieb das Herz stehen. Ich beschloss, nach Hause zurückzukehren. Es stellte sich heraus, dass in der Zeit unserer Trennung zwei meiner Brüder geheiratet hatten. Als ich weggegangen war, waren wir zehn Personen im Haus gewesen, und als ich zurückkehrte, waren wir schon zwölf. Und dabei war unser Haus ohnehin eine Art Gefängnis.«

»Aber was ist mit Ilana passiert?« Ich spüre, dass der Knoten in meinem Bauch sich löst.

»Nach ein paar Monaten verließ ich abermals mein Zuhause, um mit ihr zu leben. Meiner Meinung nach waren wir glücklich, aber eines Tages fand ich sie in der Badewanne unter Wasser, sie hatte versucht, sich umzubringen. Die Ärzte erklärten, sie sei manisch-depressiv. Mir war sofort klar, dass sie sich in einer manischen Phase in mich verliebt hatte, wie hätte sie sich sonst in einen Araber verliebt?« Er verzieht das Gesicht zu einem bitteren Lächeln.

»Ich war weiter verliebt. Fast ein Jahr lang besuchte ich sie Tag für Tag, sprach ihr Mut zu und sagte, wir würden bessere Tage haben, ich versprach ihr, dass wir glücklich sein würden, und der Unsinn, den ich ihr erzählte, beruhigte auch mich selbst. Doch eines Tages kam ich in die Klinik und Ilana war nicht mehr da. Ich flehte, aber niemand wollte mir sagen, wo sie sich aufhielt. So geschah letztlich das, was geschehen musste: Ich kehrte nach Hause zurück. Und Sofie wurde wieder schwanger. Als Mira, unsere zweite Tochter, geboren wurde, war ich zweiundzwanzig. Ich lebte in einem Haus mit meiner Frau, zwei kleinen Töchtern, einem Elternpaar, vier Brüdern, zwei Schwägerinnen, die damals ebenfalls schwanger waren, und niemand vertraute mir, man sprach kaum mit mir. Ich, der ich der älteste und meistgeliebte Sohn gewesen war, der, von dem man am meisten erwartet hatte, war zu einem Dorn in ihrem Fleisch geworden, ein Mann, der gereizt im Haus herumlief und davon träumte, vor allem und jedem zu fliehen, der insgeheim darum betete, Ilana zu finden und mit ihr zu leben, und sei es in der Psychiatrie. Schon damals sagten sie, Allah habe etwas in mir angerichtet und mir ein seltsames Leben bestimmt.«

Ich suche nach einer passenden Antwort, finde aber keine, schweig besser, sage ich mir.

»Damals begann die große Party – Feuer, Steine, Handgranaten, Gummigeschosse. Es war das Jahr 2000, und schon die zweite Intifada in meinem Leben. Ich hatte gerade meine Prüfungen im Proseminar abgeschlossen und bereitete mich weiter auf das Jurastudium vor, fürchtete aber, dass euer Justizministerium einem aus Ras al-Amud, dessen ganze Familie im Gefängnis war, keine Bewilligung erteilen würde.«

Nun, sie waren bestimmt nicht grundlos dort gelandet.

»Und dann, vielleicht wegen Ilanas Hospitalisierung, entschloss ich mich, Sozialpädagogik zu studieren. Ich hoffte, dass ich nach Beendigung des Studiums in einer psychiatrischen Klinik arbeiten könnte, dort kannte ich mich ja schon ein bisschen aus.«

Er will fortfahren, aber unser Gespräch wird plötzlich unterbrochen.

»Da ist er ja«, ruft Mohammed und deutet auf einen jugendlich aussehenden Mann mit Bart, dunklen Locken, schlank, hochgewachsen, in Jeans und mit einer lockeren Kafiya um den Hals. Auf dem Rücken trägt er einen Rucksack, als sei er unterwegs zu einem Treck in den Anden.

Suliman. Mohammed will, dass ich heute seine Geschichte höre, aber erst während des Gesprächs wird mir klar, dass Suliman sich fast eine Stunde verspätet hat.

»Ich kenne mich hier nicht aus, im Ernst, ihr habt mich in einen Garten Eden gelockt.« Suliman atmet tief. Er bleibt noch einen Moment stehen und schaut sich um, und erst dann stellt er seinen Rucksack ab und sinkt auf einen Stuhl. Er habe die Erlaubnis, das Land der Juden zu betreten, betont er, aber aus Angst, er würde am Checkpoint Qalandia zu lange aufgehalten werden, habe er einen Umweg gewählt.

»Was bin ich dumm«, bemerkt Mohammed, »ich habe ihn

auf der anderen Seite des Checkpoints erwartet, bis mir klar wurde, dass ich mich seinetwegen verspäten würde.« Seine Worte waren voller Sympathie.

»Ich bin über die Berge gekommen«, sagt der etwas nervöse junge Mann. »Ich wollte mich nicht verspäten.«

Mohammed wirft ihm einen zweifelnden Blick zu. »Manchmal kommst du durcheinander und glaubst, ich wäre ein Jude und du könntest mich reinlegen.« Mich lächelt er an und sagt:

»Also das ist Suliman, er steht dir zwei Stunden zur Verfügung. Ich muss zu einem anderen Termin, danach komme ich und hole ihn ab. Er schaut uns zufrieden an und geht. Suliman nimmt einen Kamm aus seiner Hosentasche, eine Zigarettenschachtel und ein Feuerzeug.

Suliman betrachtet den Kamm.

»Seit dem Gefängnis habe ich mir das angewöhnt«, sagt er und kämmt sich den Bart. Er deutet auf die Zigarettenschachtel. »Darf ich?«, fragt er und zieht schon eine Zigarette heraus.

»Natürlich, wir sitzen ja im Freien«, erwidere ich.

»Drinnen hab ich schon gesessen«, sagt er und lacht.

Ich lache auch, aber eher gezwungen.

Er zündet sich die Zigarette an.

»Nein, danke«, sage ich, als er fragt, ob ich auch eine will.

Zu welchem Terrorakt hatte er gehört?

Auf den Autobus Nummer 18? Auf das Parkhotel? Auf das Delphinarium? Auf die Cafeteria der Universität von Jerusalem?

»Kann ich etwas sagen?«, fragt er.

»Ja, natürlich«, antworte ich beklommen.

In diesem Moment kommt der Kellner mit der Speisekarte. »Nun, möchten Sie jetzt bestellen?«

Suliman ignoriert die Speisekarte. »Suppe«, bestellt er.

Der Kellner weist ihn darauf hin, dass es sich um die Morgenkarte handele.

»Zu Hause esse ich Rührei am Abend«, sagt Suliman.

Der Kellner ist ein wenig verwirrt. Als er sich gefasst hat, versichert er höflich, er werde sich in der Küche erkundigen, ob man auch Suppe zum Frühstück servieren könne.

Aber morgens gibt es noch keine Suppe.

Suliman eröffnet das Gespräch. »Mohammed hält mich für einen guten PR-Berater«, sagt er, »er bietet mich jedem an, der etwas über die Friedenskämpfer wissen will.« Mit einer scharfen Kopfbewegung wirft er eine Locke zurück, die ihm über das Auge hängt, und zieht an der Zigarette.

»Also, wie du schon weißt, ich heiße Suliman und bin zweiundvierzig Jahre alt. Ich bin in Hizma geboren. Hast du schon mal was von Hizma gehört?«

»Ja, habe ich, aber …« Er unterbricht mich.

»Nun gut.« Er wirft mir einen Blick und ein etwas zynisches Lächeln zu. »Hizma ist dort.« Er deutet in den Nordwesten und verpasst mir eine kurze Geschichtslektion. »Da, wo das verläuft, was ihr ›Sperrzaun‹ nennt, ich sage dir, es ist eine Mauer, eine Sperrmauer, da gibt es einen Checkpoint, den ihr meinen Eltern direkt vor die Nase gebaut habt. Heute wohne ich in Ramallah, aber blutsmäßig gehöre ich zu Hizma.«

Er nimmt einen weiteren Zug, mir gelingt es, meine Erinnerungen zurückzuhalten und ihm einfach zuzuhören.

»Solange ich denken kann, war ich tatsächlich befreundet mit deinen Soldaten.« Er lacht entwaffnend. »Sie haben uns oft zu Hause besucht. Sie kamen sozusagen gern zu uns, wir waren eine bevorzugte Familie.« Er spricht hebräisch, und das so rasch, als hätte jemand auf einen Knopf gedrückt. »Meistens kamen sie, um mitzuteilen, dass einer meiner Brüder bei euch im Gefängnis gelandet war, und bei dieser Gelegenheit haben sie auch unser Haus zerstört, was heißt da zerstört – sie haben es zerlegt. Sie gingen, und wir bauten ein neues Haus. Wir sind das Legoland eurer Soldaten. Bis heute haben wir ihnen neun Häuser zum Zerstören geliefert. Ihr bevorzugt die kollektive Bestrafung, ihr liebt Kollektive, so kommt es, dass eure Soldaten meine Eltern für jedes Kind bestraften, das sie auf die Welt gebracht hatten. Aber das ist nicht schlimm, am Schluss haben sie uns einen Lebensunterhalt geliefert, wir sind alle professionelle Häuserbauer geworden.« Und wieder lacht er.

Er soll mich nicht verspotten, denke ich. Und was sie uns angetan haben, das sagt er natürlich nicht.

»Ich bin das jüngste Kind, der zehnte, meine Brüder und meine Schwager sind alle im Gefängnis, ich musste ein guter Junge sein, denn wenn sie das Haus erneut zerstörten, wer sollte es dann wieder aufbauen?« Er schaut mich an. »Es ist nicht schlimm.« Wieder lacht er. »Wie ich gesagt habe, am Schluss haben alle profitiert, sie haben einen Beruf bekommen, und dank der Fatah bekommen sie Tantiemen. Es gibt nichts Besseres als die Besatzung.« Wieder Gelächter.

Dann steht er auf. Drückt die Zigarette im nahen Beet aus.

Vielleicht übe ich Druck auf ihn aus?

Entspanne dich, es ist kein Unglück, wenn du von Zeit zu Zeit mal lächelst.

»Ich habe Pech gehabt«, sagt er, als er zum Tisch zurückkommt und mein Lächeln ignoriert. »Weil ich der Jüngste war, musste ich brav sein, ich musste der bravste Sohn sein. Mein Vater, der Ärmste, hat zehn Kinder, und vor lauter Angst, dass die rebellische Jugend auch seinen jüngsten Sohn beeinflussen würde, durfte ich nicht hinaus, um mit meinen Freunden zu spielen. So kam es, dass ich nach der Schule immer allein im Haus herumsaß.«

Suliman lässt seine Beine unter dem Café-Tisch tanzen. Der Tisch wackelt, bewegt sich im Takt. Ich halte ihn mit den Händen fest.

»Aus lauter Nervosität wegen meines Vaters und aus lauter Neid auf meine Brüder, die Helden, schloss ich mich, statt Hausaufgaben zu machen, mit allen Zeitungen in meinem Zimmer ein und las die Reportagen über meine Brüder, die Sprengungen vorgenommen hatten. Mit jedem Bericht entwickelte sich Ali Baba in meinem Kopf, meine Fantasie explodierte. Und dann träumte ich davon, euch, die Besatzer, zu verjagen.«

In mir verkrampft sich alles.

»Bei Gott, in meinem Kopf ist etwas nicht in Ordnung«, sagt er zu sich selbst.

Er hat recht. »Aber«, er wendet sich wieder an mich, »es ist mir wichtig, dir etwas zu sagen. Obwohl Mohammed mich angewiesen hat, höflich und nett und so zu sein …« Er scheint sich plötzlich zu erinnern, dass er noch immer nicht gesagt hat, was er zu Beginn des Gesprächs im Sinn gehabt hatte. »Ich hoffe, du vergisst das nicht. Wenn du mich Terrorist nennst, stehe ich auf und gehe, und dann hast du kein Buch. Dann ist es vorbei, und du hast noch nicht mal ein Kapitel.«

Er sagt das, während ich noch über eine Taktik des Zuhörens nachdenke und versuche, eine entspanntere Atmosphäre herzustellen, und ich hoffe, er spricht weiter, erzählt weiter, obwohl mir nicht gefällt, was er sagt. Dann bemerke ich, dass er seine Schuhe auszieht, sie unter den Tisch stellt, seine Beine verschränkt und sich im Schneidersitz auf dem Stuhl zurechtsetzt, während er den Kopf in den Nacken legt und zum Himmel schaut.

Die anderen Gäste starren uns an, alle, ohne Ausnahme.

Er blamiert mich, denke ich.

Gut, beruhige dich, er ist nicht dein Bruder, auch kein anderer Verwandter, du bist hier, um seine Geschichte zu hören, das ist alles.

»Ihr bezeichnet uns immer als Tiere und tut, als gäbe es einen großen Unterschied zwischen uns und euch, aber ich sage dir, wir sind *same, same*. Ihr tötet, wir töten. Es herrscht Krieg, so ist das. *We are all equals*.«

Plötzlich schaut er sich um, bemerkt die Blicke und die Stille, die sich an den Nachbartischen ausgebreitet hat.

»Ich werde leiser sprechen«, sagt er. »Eines Tages ging ich in die Küche, meine Mutter bereitete gerade Salat vor und schnitt Tomaten in sehr kleine Stücke«, fährt er fort. Er spricht jetzt tatsächlich leise, fast flüsternd. »Ich schaute sie an, ich schaute das Messer an. Als sie mit den Tomaten fertig war, nahm ich das

Messer. Draußen waren zwei Soldaten, die mich nervten, sie kurvten wie Fliegen um unser Haus. Jeden Tag, mit Gewehren vor unserer Nase. Von jedem Fenster aus sah ich sie. Sie machten mich verrückt. Ich verließ das Haus, um sie zu erstechen.«

*

»Uri wurde von einer Mörsergranate verletzt«, teilte mir eine Frauenstimme am Telefon mit. Sie stellte sich nicht vor, aber nach ein paar Sekunden erkannte ich sie. Es war die abgehackte Stimme Rinas. Uri war ihr Sohn. Ich hatte sie kaum mehr gesehen, seit sie Avi geheiratet hatte, den besten Freund ihres Bruders Motti, der am selben Tag umkam, als Micki, ihr Geliebter, so schwer verbrannt wurde.

Gegen Ende des letzten Krieges, nach vielen Jahren des Schweigens, rief sie mich an, um mich zu benachrichtigen.

»Wie alt ist er?«, fragte ich. Ich hatte ihn erst zweimal gesehen, bei seiner Beschneidung und bei seiner Bar Mizwa. »Ist er Soldat?«

»Nein, er ist kein Soldat, wo lebst du denn?« Sie war wütend auf mich. »Er ist schon dreißig, sie töten nicht nur Soldaten«, wies sie mich mit erstickter Stimme zurecht. »Er ist Kibbuznik, an der Grenze zu Gaza. Er ist verheiratet, seine Frau ist in anderen Umständen. Aber die anderen, sie werden uns nie leben lassen, sie bringen alle um.«

Nach kurzem Schweigen sagte sie, sie habe plötzlich das Bedürfnis gehabt, mit mir und Racheli zu sprechen, sie sagte, im Krankenhaus, mit dem Geruch nach Desinfektionsmittel und den besorgten Familien, habe sie plötzlich ständig an uns denken müssen.

Ich spürte, wie verlegen wir beide waren. Ich erkundigte mich nach Avi. Sie schwieg einen Moment, dann sagte sie: »Ich habe dir gesagt, dass sie uns nicht leben lassen. Er war in Ordnung, bis er eines Morgens gesehen hat, wie sich ein Terrorist vor seinen Augen in die Luft gesprengt hat, da ist ihm der Krieg zurückgekommen. Micki ist körperlich verbrannt, Avi seelisch. Manchmal denke ich, dass Motti eine gute Wahl getroffen hat, er ruht jedenfalls in Frieden.«

Ihre Stimme zitterte plötzlich. »Sie sollen endlich sterben.« Dann erkundigte sie sich, ob ich etwas von Micki wisse, ob ich etwas von ihm gehört hätte, ob ich ihn gesehen hätte.

»Nein«, antwortete ich.

Wir versprachen uns gegenseitig, in Kontakt zu bleiben, aber wir taten es nicht.

Der Krieg damals, 1973, hatte uns Bleikugeln ins Herz geschossen. Wir versuchten, unsere Freundschaft wiederzubeleben, wir gingen zu den Gedenktagen, wir feierten Geburtstage, wir gingen zu Hochzeiten, aber es war nicht mehr das Gleiche. Die feindlichen Kugeln hatten auch uns getroffen. Nicht nur Gadi und Rafael, auch Micki, Rina und Racheli waren aus meinem Leben verschwunden. Unsere Freundschaft hatte den Krieg nicht überlebt.

Aber warum? Sie waren doch meine Kindertage, meine Erinnerungen, meine Freude, das Lachen auf meinen Lippen, der Geist meiner Jugend, der Jubel meiner Siege. Sie waren die Träume, die wir gemeinsam geträumt hatten. Sie waren ein Schmerz in meinem Körper, sie waren ein scharfer, brennender Schmerz.

*

»Oh je, du bist blass geworden«, sagt Suliman.

Es waren nur Erinnerungen. Ich schweige.

»Ich habe dich wohl erschreckt, du siehst mich an, als wäre ich ein Mörder.

Dem Dieb brennt die Mütze auf dem Kopf, wie das Sprichwort sagt.

»Warum, was ist passiert? Bei uns im Nahen Osten hat fast jeder, mit dem man im Café sitzt, jemanden umgebracht, man muss nur ein bisschen graben. Wie könnte es auch anders sein? Es gab hier tausend Kriege, hundert Intifadas. Bald feiert ihr fünfzig Jahre Besatzung, was kann man machen, auch alle deine Freunde haben getötet. Auch du … wenn du ein Mann wärst, hättest du dich nicht am Krieg beteiligt und uns umgebracht? So ist es hier, man bringt andere um, jeder hier bringt andere um.«

Er hat recht. Und trotzdem, seine Verallgemeinerungen missfallen mir, er war es, der töten wollte, nicht ich, nie im Leben.

»Weißt du, wie viele mir schon gestorben sind?«, fragt Suliman und beugt sich zu mir, als wolle er sichergehen, dass seine Worte mich auch erreichen. »Nicole, eine Französin, mit der ich ein paar Monate zusammen war, hat mich gefragt, warum ich ihr nie Blumen bringe. Ich habe ihr geantwortet, dass ich niemandem Blumen bringe. Blumen bringe ich nur den Toten.«

Mai 1974

Gedenktag für die gefallenen israelischen Soldaten

Wir versprachen den Eltern, wir würden kommen, wir würden die Ersten sein, wir würden sie zu ihren Söhnen bringen, sie würden nicht mit weichen Knien zwischen den Reihen der Gefallenen nach ihnen suchen müssen.

Racheli und ich eilten früh am Morgen zu einem Blumenladen.

Wir kauften Blumensträuße für Rafael, für Gadi, für Motti, Rinas Bruder, für Jehuda, den Gruppenleiter, und für all unsere Helden.

Die Menschen, die in dem Blumengeschäft »Flieder« anstanden, wirkten beherrscht.

Sie schwiegen. »Was, alle sind ihnen gestorben?«, fragte ein Junge an der Hand seines Großvaters.

»Ja«, antwortete ich.

»Sie sind nicht gestorben, die Araber haben sie im Krieg umgebracht«, sagte der Verkäufer zu dem Jungen.

Ich sah, wie der Großvater die Hand des Jungen drückte.

Racheli suchte die Blumen aus. Sie bat den Verkäufer um sieben Sträuße, je zwanzig Wildblumen, eine für jedes Jahr und noch eine, und er solle jedem Strauß eine Blume Makkabäer-Blut hinzufügen und die Sträuße in Zellophan verpacken, mit einer schwarzen Schleife. Unsere Hände waren nicht groß genug, um alle Sträuße zu halten. Wir verteilten sie, wir drückten sie an uns, wir verstreuten uns zwischen den Reihen.

Es war ein heißer Tag Anfang Mai. Wir hatten uns bemüht,

gut auszusehen, gepflegt, hatten uns parfümiert, schließlich trafen wir trotz allem unsere Lieben. Ich hatte mir zu diesem Anlass einen kurzen engen Rock gekauft und die Bluse angezogen, die Rafael gemocht hatte. Türkis war seine Farbe.

Wir gingen durch die Gräberreihen, wir suchten sie.

»Ich habe einen gefunden«, rief Racheli.

»Wen?«, rief ich zurück.

»Gadi.«

»Ich habe ihn gefunden«, rief sie ein zweites Mal.

»Wen?«

»Deinen Freund.«

Ich rannte zu ihr, ich stand vor dem Stein, umarmte den Strauß. Da tauchte Emil auf. »Glückwunsch«, sagte er, ihm war der neue Rock sofort aufgefallen, dann bemerkte er, dass auch Racheli neue Sachen trug.

»Glückwunsch euch beiden«, sagte er.

Ihm fielen auch Lippenstift und Maskara auf, die wir aufgetragen hatten. »Ihr habt euch zurechtgemacht wie zu einer Party«, sagte er.

»Der Stabschef der Militärbasis spricht«, zischte Racheli mir giftig zu.

Ich schwieg.

Emil entfernte sich, nicht ohne uns durchdringend angeschaut zu haben, er war wütend auf uns, enttäuscht oder beides.

Ich verstand ihn nicht.

Damals habe ich es auch nicht versucht.

Der Friedhof hatte sich gefüllt.

Die Eltern waren erschienen, die Befehlshaber, die Soldaten der Wache, die Politiker.

Die Zeremonie begann, das Senken der Fahnen, die Sirene.

Wir standen da, aufrecht und stolz auf unsere Freunde, die für uns ihr Leben hingegeben hatten.

Am Ende der Zeremonie sah ich Emil wieder.

Er ging allein, ignorierte uns.

Die Eltern folgten ihm.

Diesmal bildeten wir die Nachhut.

*

»Wohin bist du verschwunden?«, fragt Suliman.

Rückwärts. Wieder verschlucke ich die Antwort, lächele ihn an.

»Glaub mir, ich hatte nicht vor, eure Soldaten zu töten, ich wollte nur, dass sie aufhören, sich in meine Angelegenheiten einzumischen. Ich war ein Kind, ich wollte meiner Mutter beweisen, dass ich uns von der Besatzung befreien konnte, ich wollte ein Held sein.«

1966

Lag ba-Omer

Es lebte ein Mann in Israel,
Bar Kochba war sein Name,
ein junger Mann, groß von Gestalt,
die Augen voller Glanz
er war ein Held
er rief zur Freiheit
es liebte ihn das ganze Volk
er war ein Held.

Wir saßen um das Lagerfeuer und sangen.

»Ihr träumt von Heldentum«, bemerkte Emil.

»Natürlich«, antwortete Gadi. »Glücklicherweise träume ich nicht vom Mars und vom Saturn.«

»Niemand stirbt davon, dass er von den Sternen träumt«, sagte Emil gelassen.

Gadi legte weitere Zweige ins Feuer, die Flammen loderten auf. Micki nutzte die Gelegenheit, mit Rina zu schmusen, und Rafael schaute hinauf zum Himmel. Als wir näher zusammenrückten, spürten wir kurz die Freude unserer Körper und schauten schnell ins Feuer und zu Gadi, der Kartoffeln aus der Glut holte.

*

»*Wallah*, ich habe Hunger«, verkündet Suliman laut. »Ich muss jetzt etwas essen.« Er ruft abermals nach dem Kellner.

»Suppe«, bestellt er wieder.

»Aber ich habe Ihnen doch schon gesagt, dass wir morgens noch keine Suppe haben«, sagt der Kellner höflich.

»Dann bringen Sie mir bitte einen schwarzen Kaffee mit Kardamom und Burekas mit Käse. Aber ich sage Ihnen, ich werde so lange hier sitzen, bis es Suppe gibt.«

Der Kellner ist konsterniert. Ich bestelle einen schwarzen Tee, dann wendet der Kellner sich zum Gehen.

Suliman lacht. »Ich wollte doch nur Suppe, was ist da schon dabei?«

»Tatsächlich ist es bald Mittag, dann wirst du deine Suppe schon bekommen«, sage ich, bewege mich vorsichtig zwischen gedachten Wörtern und solchen, die ich aussprechen kann. Ich versuche, mir klar zu werden, ob ich die Geschichte dieses Mannes erzählen will oder nicht.

»Ich hab's mit Suppen. Während der Intifada, als die Schulen geschlossen waren, bin ich immer erst aufgewacht, wenn meine Mutter schon das Mittagessen gekocht hat, und wenn ich in die Küche kam, hat sie mir eine kleine Schüssel Suppe serviert.« Die Erinnerung daran wärmt sein Herz.

Seine schwarzen Augen funkeln plötzlich. »Weißt du, was dieser Mahatma Gandhi gesagt hat? Dass der Feind nicht derjenige ist, der dich hasst, sondern der, der sich vor dir fürchtet.« Er wirft einen Blick auf den Kellner und hebt den Finger. »Es ist nicht die Suppe, ich bin es – er hat Angst vor mir.«

»Wo waren wir stehen geblieben?«

»Beim Messer im Rücken der Soldaten«, antworte ich.

»Genug, lass das. Schau mich an, ich schwöre dir, ich habe kein Messer mehr in der Hand.«

»Gleich wirst du eins haben.« Ich deute auf das Besteck auf unserem Tisch.

»Also wirklich, hast du vergessen, dass ich Suppe bestellt habe?« Sein Lächeln wird noch breiter.

»Eins zu null für dich«, sage ich, und diesmal lächele ich aufrichtig.

Suliman hebt die Hände, strafft den Körper, als wolle er aufstehen, windet sich, gähnt, und schließlich reißt er die Augen auf und schenkt mir ein charmantes Lächeln.

Er war bemerkenswert.

Und was wäre, wenn er damals einer von uns gewesen wäre?

Aber er war es nicht. Ich schiebe den Gedanken beiseite.

»Also, was diese Soldaten betrifft, kannst du sicher sein, dass sie am Leben sind«, sagt er, legt die Hände auf den Tisch und beugt sich wieder zu mir. »Ich war gerade mal vierzehn. Der Richter hat die Brauen hochgezogen und gefragt: ›Wie alt ist dieser Junge?‹ Ich wollte ihn beeindrucken und sagte, ich wäre fünfzehn, und er entschied, dass ich für jedes Lebensjahr zu einem Jahr Gefängnis verurteilt würde.«

Er nimmt sich einen Moment Zeit und kämmt wieder seinen Bart.

»Nach einem kurzen Prozess landete ich im Gefängnis. Eure Wärter wussten nicht, was sie mit diesem messerstechenden Baby anfangen sollten. ›Hier ist ein Kind, was macht man mit ihm?‹ Bei Gott, sie gerieten in Panik, der Vorgesetzte befahl dem Boss am Telefon, einen Psychologen kommen zu lassen, der feststellte, dass die Gefängniswärter diejenigen waren, die eine Behandlung brauchten, und dem Befehlshabenden empfahl, den kleinen Messerstecher in der Bücherei arbeiten zu lassen. Er war der erste Jude, der mich mochte. Wie auch nicht? Er hat mich gerettet.« Er lacht laut.

Fast ist es ansteckend.

Der Tee und der Kaffee werden gebracht. Suliman saugt den Duft nach Kardamom ein.

»Riech mal«, sagt er.

Ich rieche.

Ich mag weder Kardamom noch schwarzen Kaffee.

Er lehnt sich zurück, streckt sich.

»Ich glaube, ich habe es dir noch nicht gesagt, du solltest dir darüber im Klaren sein, dass ich auf keinen Fall für diese *Sweet Occupation* bin.«

»*Sweet Occupation*?«

»Wie soll ich es ihr erklären?«, fragt Suliman, wirft mir stirnrunzelnd einen Blick zu und schiebt sich wieder eine widerspenstige Locke vom Auge.

»Hör zu«, sagt er dann. »Stell dir Juden und Araber vor, die zusammen zum Campen nach Amerika fahren, um sozusagen Frieden zu schließen. Alle haben ihren Spaß, sie feiern, und am Schluss umarmen und küssen sie sich. Sie weinen, wollen sich nicht trennen, sie sind Freunde, sie steigen gemeinsam ins Flugzeug, das sie nach Hause zurückbringen wird. Aber ihr, die Juden, kehrt nach Tel Aviv zurück, und wir, die Palästinenser, zu unseren Hütten. Und dann, in der Nacht, bricht euer Militär unsere Türen auf, holt uns aus den Betten, richtet die Gewehre auf uns und fragt, ob wir Waffen besitzen, und bevor wir noch antworten können, schlägt einer von euren Soldaten mit dem Gewehrkolben auf uns ein. Während ihr, die ihr mit uns Frieden geschlossen habt, in Amerika, in Australien, in Europa, mit ruhigem Gewissen im Bett liegt und bumst wie Karnickel, ohne dass euch irgendjemand stört, als hättet ihr schon den Weltfrieden erlangt. Du und deine Freunde, ihr nennt das *peace process*, ihr nennt es auch Normalisierung, als hätten wir normale Beziehungen, als wären wir gleich. Als wären wir Freunde. Und ich, ich nenne das Sand in die Augen streuen, nein, keinen Sand, Schaum, nein, auch keinen Schaum …« Er nimmt sich noch eine Zigarette. »Ich ertrage keine Friedensfestivals, ich ertrage die Politiker nicht, die Geldspender, die in prächtigen Hotels im Ausland sitzen und wichtigtuerische Reden schwingen, diesen Quasi-Frieden, diese Typen, die es sich in Restaurants gut gehen lassen, in Pubs, in Freiheit, mit Mädchen, was weiß ich, und danach, wie gesagt, geht ihr Juden an den Strand von Tel Aviv, lasst euch von der Sonne bräunen, während wir zurückkommen und in den Abwässern von Hizma schwimmen. Was ich dir sagen will, ist, dass du in uns keine Freunde sehen sollst, mit Kaffee, Burekas und Unterhaltungen. Ich spreche mit dir, weil Mohammed gesagt hat, du wärst bereit, unsere Geschichten aufzuschreiben.«

Er schaut mich fest an, die Ader an seinem Hals schwillt an, seine Augen schießen hin und her.

Mein Mund wird trocken, so bin ich geboren, ich fürchte mich vor Zorn, zittere vor Gewalt. Die Nazis hinter mir und die Araber vor mir.

Aber diesmal, scheint mir, ist die Angst von so etwas wie Unbehagen begleitet, einem Unbehagen, das ich nicht kenne, das ich nicht in Worte fassen kann.

»Sag deinen Freunden, dass es gute Araber gibt«, sagt er.

Es gibt gute Araber. Ich werde gleich eine SMS an Rina schicken.

»Ich möchte, dass du in deinem Buch schreibst, dass Suliman kein Terrorist ist. Schreib, Suliman ist ein Kämpfer. Schreib, dass Suliman alles für seine Freiheit tut, dass er dafür kämpft, dass seine Freiheit so ist wie deine. Schreib, dass er es nicht verdient, wie ein Verbrecher im Gefängnis zu sitzen, schreib, dass es ihm nichts ausmacht, wenn am Schluss die Lösung auf *einen* Staat hinausläuft, oder auf zwei oder vier. Schreib, dass Suliman kein Politiker ist und es ihm egal ist, wie seine Fahne aussieht, von ihm aus kann es der Davidsstern in Schwarz, Rot oder Grün sein. Schreib, dass Frieden für ihn bedeutet, dass ihr ihn nicht mitten im Ficken stört. Und zum Schluss sag deinem Volk, dass man auch mich leben lassen soll.«

Er fordert mich auf, den Laptop auszupacken, der aus meiner Tasche ragt.

»Nun schreib schon«, drängt er, »ich werde dir eine gute Geschichte erzählen.«

Ich ziehe den Laptop hervor.

»Wo waren wir stehen geblieben?«

»Im Gefängnis.« Das ist alles, was ich herausbringe.

»Warum sagst du Gefängnis?« Er reißt seine schwarzen Augen auf. »*Jallah*, enttäusche mich nicht. Glaubst du, ich bin ein Dieb? Ein Verbrecher? Ich habe dir schon gesagt, dass ich ein Kämpfer bin, einer, der gegen die Besatzung kämpft, die, nur in diesem Fall, zufällig du bist. Schreib das auch«, verlangt er.

Ich tippe.

Er nimmt einen Schluck Kaffee und legt mit einem Seufzer der Erleichterung die Hände auf die Schenkel.

Auch ich bin zufrieden. Suliman ist eine gute Geschichte.

»Echt, *meine Seele*, du brauchst nicht vor mir zu erschrecken«, sagt er, als ich die Hände von der Tastatur nehme. »Schau mich nicht so an, ich habe solche Ideen, ich bin nicht wie Mohammed, ich bin kein Mensch mit Ventilen.« Er versucht zu lächeln. »Ich schlage vor, dass wir unsere Worte so ordnen, dass wir einer den anderen gut verstehen. Ich bin kein Terrorist, ich habe gegen die Besatzung gekämpft, nicht um zu töten. Ich kämpfe für die Freiheit. Und das, was du Gefängnis genannt hast, nenne ich Universität. Zehn Jahre lang war ich in der Bücherei, ich habe Hebräisch und Englisch gelernt und habe Tag für Tag gelesen, Biografien, das ist es, was ich am meisten liebe. So ist es gekommen, dass ich Mahatma Gandhi kenne. Er, Che Guevara und Mao Tse-tung sind meine Freunde. Ich habe auch die Bücher von eurem Binjamin Ze'ev gelesen.«

»Du hast Herzl gelesen?«

»Ja, Herzl, den Verrückten.« Er lächelt. »Mir hat es gefallen, dass er euch ein Volk ohne Land und das hier ein Land ohne Volk nannte. Aber er hat sich geirrt.« Suliman lächelt noch breiter. »Er hat euch durcheinandergebracht, wie konnte er euch verschweigen, dass hier schon ein anderes Volk lebte?«

Er lächelt immer weiter, wie ein zufriedener Junge, der mir seine Entdeckung preisgibt.

»Als ich den ›Judenstaat‹ las, träumte ich davon, eines Tages der Herzl der Palästinenser zu werden, aber letztlich entschied ich mich für Nelson Mandela, ich liebe Mandela.«

Suliman zieht an dem, was von seiner Zigarette übrig ist, nachdem er sie lange zwischen den Fingern gehalten hat. Dann steht er auf und drückt auch diesen Stummel im Beet aus.

»Glaubst du etwa, dass die Kippen, die ich am Ende des Gesprächs im Beet ausdrücke, als Zigaretten auferstehen? Gibt es eine Möglichkeit, dass Zigaretten aus der Erde wachsen?«

Dieser Mann hat Jahre im Gefängnis verbracht, das hat ihm den Kopf verdreht.

»Ich wünschte, all meine Toten würden zurückkommen«, sagt er mit schmerzerfüllter Miene.

März 1959

Towa, unsere Kindergärtnerin, sagte, sie sei traurig, denn heute vor genau fünf Jahren sei ihre Schwester ermordet worden. Sie sei mit dem Autobus von Eilat nach Tel Aviv gefahren und die bösen Araber hätten sie und alle anderen Passagiere beschossen.

Die Kinder im Kindergarten weinten mit ihr.

»Wie sieht ein Toter aus?«, fragte mich Racheli, meine beste Freundin.

Ich schlug ihr vor, ihre Puppe Jemina zu begraben.

Racheli, Rina und ich gingen mit einer rosafarbenen Plastikschaufel in den Garten und schaufelten im Sandkasten ein tiefes Loch, in dem wir Jemina begruben.

Nach ein paar Tagen holten wir sie aus ihrem Grab.

Aber die Puppe Jemina hatte den Tod überlebt.

Sie war nur dreckig vom Sand.

»Die Ärmste, was habt ihr mit ihr gemacht?«, fragte Rafael, der aus dem Kindergartenfenster schaute und sah, dass wir Jemina schüttelten und ihr den Sand abklopften.

»Wir wollten wissen, was mit ihr unter der Erde passiert«, sagte ich.

»Aber warum?«, fragte er. »Niemand ist gern im Sand begraben.«

*

»Wo sind wir stehen geblieben?«, fragt Suliman.

»Bei der Erde«, antworte ich.

»Und davor?«

»Bei der Universität.«

»Du bist super«, lobt er mich.

»Also, an eurer Universität habe ich die Mutter aller Doktorarbeiten gemacht, ich habe ein Postpost-Doktorat gemacht. Die Bedingungen waren nicht besonders, viele Appelle, und es gibt auch Strafen, aber im Großen und Ganzen war es, außer an den Tagen der Einzelhaft, recht erträglich.« Er lacht. »Schließlich ist auch Hizma nicht gerade eine Pension in Galiläa.«

Wieder steckt er mich mit seinem Lachen an.

Der Kellner kommt und legt nun die Mittagskarte vor uns auf den Tisch.

»Also Suppe?«, fragt er mit einem Lächeln der Erleichterung und Zufriedenheit.

Suliman bestellt Rührei und Salat, und ich bestelle Suppe, nur weil es mir unangenehm ist.

»Also, wo waren wir?«, fragt er, als der Kellner wieder weg ist. »Bestimmt ist dir aufgefallen, dass ich mich nicht erinnern kann, wenn man mich unterbricht. Seit ich aus dem Gefängnis gekommen bin, ist mein Kopf kaputt, mein Gehirn wurde zu einem zentralen Bahnhof, aber zu einem verdrehten Bahnhof, einem, bei dem die Ampeln flackern und die Züge verrückt spielen. Sogar jetzt, während ich mit dir spreche und wir Spaß haben und uns wohlfühlen, sehe ich Durcheinander, Angst, Vater, Gefängnis, Tote, Kugeln, Soldaten, Wärter, Messer, Blut.«

Er zündet sich schnell eine weitere Zigarette an und inhaliert tief. »Jetzt tanke ich, führe dem Gehirn Sauerstoff zu, Brennstoff für den Motor«, sagt er und bläst gleich danach Rauchringe in die Luft. »Schau, sie sind vollkommen.« Er freut sich sichtlich über die perfekten Kringel, die er ausstößt.

»Nach zehn Jahren wurde ich freigelassen, ich bekam ein Drittel für gute Führung, aber deine Hunde dachten, ich hätte eine Navy-App im Gehirn. Am Tag der Freilassung brachten sie mich zu einer Wegkreuzung, ließen mich mitten in der Wüste mit ein paar persönlichen Sachen stehen, mit einer Flasche Wasser und einem halb verfaulten Apfel. Ich erinnere mich nicht, wie lange ich gelaufen bin, es war kalt, es war Tag, es war Nacht, diese Sache hat mich ganz verwirrt, ich lief und lief, wie dein Volk, auch ich zog durch die Wüste, aber ohne Moses und ohne Gott, und statt im brennenden Busch auf ihn zu treffen, traf ich einen alten Beduinen, und als ich ihn fragte, wo Hizma sei, zeigte er mit der Hand, dort.« Suliman deutet nach Norden.

»Ich fragte ihn, wie weit es bis Hizma sei, und er tat, als würde er nachdenken. Dann fragte er, ob ich schnell oder langsam gehen wolle. Ich sagte, ich würde manchmal schnell und manchmal langsam gehen wollen. Er sagte, ich würde in vier Tagen Hizma erreichen, vielleicht in fünf. Genau in diesem Augenblick kam ein Esel vorbei. ›Jallah, komm mit mir‹, sagte ich zu dem Esel. Er gab keine Antwort. Ich sagte: ›Hör zu, wir passen zusammen.‹ Er kam. Er wurde mein bester Freund, und zusammen erreichten wir Hizma. Höre ich mich verrückt an?«

Sicher durchgeknallt.

Aber ich höre fasziniert zu.

Erzähle weiter, bat ich in Gedanken.

»Das ist die Wahrheit, die nur mein Esel bezeugen kann, aber auch er ist schon gegangen, es gibt ihn nicht mehr. Als ich zu Hause ankam, stand ich in der Tür und sagte zu meinen Eltern, sie sollten wissen, ich würde schon morgen wieder mit Aktivitäten anfangen! ›*Bara, bara*‹, riefen sie, was auf Arabisch ›Hau ab‹ heißt. Sie hatten Angst, dass man ihnen meinetwegen wieder das Haus zerstören würde. Schade um sie, sie sind gute Menschen, jetzt sind sie schon alt. Zehn Kinder hatten sie gemacht, um Olivenbäume zu pflanzen, um Enkelkinder auf die Welt zu bringen, und wegen eurer verdammten *sweet occupation* bekommen meine Brüder bis heute ihre höhere Bildung in eurem Institut.« Er wirft mir einen lausbubenhaften Blick zu.

Und wieder fällt mir das Messer ein.

Das Messer, das in der Tomate steckte, für Salat, und dann in den Leichen der Soldaten, die zwischen uns liegen.

Suliman raucht und raucht.

Wie konnte dieser sprunghafte Mann in einer Bücherei sitzen und Biografien lesen? Irgendetwas verstehe ich nicht.

»Sag, Suliman, liest du auch heute noch so viel?«, frage ich.

»Wer von uns leidet nicht an irgendeinem Trauma?«, antwortet er mit einer Gegenfrage. »Wer ist nicht kriegsversehrt?« Sein Blick wird unstet. »Weißt du, ich, wie du mich siehst, ich bin jemand, der bis heute nicht allein einschlafen kann, wenn es dunkel ist; ich kann es nicht. Als ich ein Kind war, war ich daran gewöhnt, mit neun Brüdern zu schlafen, später, an eurer Universität, schlief ich mit dreißig Studenten der Fakultät für Freiheitswissenschaften. Bis heute gerate ich unter Druck, wenn ich in der Dunkelheit allein bin. Das ist Einzelhaft. Und allein in der Dunkelheit, in der Einzelhaftzelle zu schlafen, ist der Tod. Und ich – möchte nicht sterben.«

Er schweigt einen Moment, dann sagt er, dass er seit seiner Freilassung aus dem Gefängnis jeden Abend eine Frau oder auch mehrere suche, die bereit seien, neben ihm zu schlafen. »Nur zu schlafen«, betont er mit seinem spitzbübischen Blick.

Ich lächele. »Eine Superlösung für ein Trauma.«

Doch auf einmal bin ich die Einzige, die lächelt.

»Wenn ich mein Elternhaus verließ, streunte ich durch die Gassen von Hizma.«

Sobald er sich konzentriert, gelingt ihm eine schlichte Beschreibung der Ereignisse.

»Ich weiß noch, dass ich mich fragte: Ja, du Esel, was machst du mit deinem Leben? Und ich sagte mir: Ja, Suliman, sei mutig, werde ein Schahid. Die Juden werden zwar das Haus deiner Eltern zerstören, aber du wirst ihnen und dir Ehre machen.«

Das Handy in seiner Hosentasche klingelt. Er zieht es heraus und blickt auf das Display. »Es ist Mohammed, er ist schon auf dem Weg hierher. Mach schon. Bevor er kommt, erinnere mich, wo ich stehen geblieben bin.«

»In den Gassen von Hizma«, antworte ich.

»Bei Gott, ihr habt mir den Kopf kaputt gemacht. Also Hizma.« Er legt das Handy auf den Tisch. »Ehrlich, ficken war es, was ich wirklich wollte. Das war es, was mich interessierte.« Er konzentriert den Blick und strafft sich. Ich schaue mich um, ob die anderen Gäste uns beobachten.

Sie tun es.

Sollen sie doch, denke ich trotzig.

»Ich erinnere mich, dass ich anfangs in Hizma herumlief, ich war unfähig, an irgendetwas zu denken – Besatzung, was hieß das schon, soll sie mich doch gernhaben, verdammt, soll sie mich gernhaben. Schließlich verstand ich, ich war heißes Feuer, heißer als ein Gewehr, nachdem es abgefeuert wurde. Ich war fünfundzwanzig Jahre alt, ich hatte mein Leben verpfuscht, heute bin ich zweiundvierzig, und ich bin noch genauso, ich ficke, ich rauche, und wie du siehst, ich kämme meinen Bart.

Und er schläft nicht allein ein, wenn es dunkel ist.

Mohammed schickt noch eine SMS und bittet Suliman, am Eingang auf ihn zu warten. Sie haben es eilig, ein Reporter aus dem Ausland erwartet sie.

Suliman steht auf. »Sorry«, sagt er, »ich muss gehen. Mohammed ist wie ihr, alles muss pünktlich sein. Aber um die Geschichte zu beenden – du musst verstehen, wie ich so geworden bin, wie ich bin. Nach ein paar Tagen Herumirrens in den Gassen von Hizma landete ich im Hauptquartier der Fatah. Ich kam zu einem der Befehlshaber. Er saß in einem Raum mit vielen Gewehren. Und als ich mich vorgestellt hatte, sagte er, ich sei ein Held, ich sei tapfer. Sein Lob ließ mich lächeln, breit, bis über die Ohren. Bei uns gibt es keinen Größeren als einen Schahid, nur Gott. Doch bevor ich meinen Auftrag erhalte, strecke ich ihm die Hand hin, zu einem Händedruck, und da sehe ich, dass ihm beide Hände fehlen, dass er nur zwei Stummel hat. Er sagt: ›Eine Granate ist mir in den Händen explodiert. Du wirst meine Aufgabe vollenden.‹ Und ich höre, wie mein Kopf zu mir sagt, was heißt da sagt, er schreit, mein Kopf: ›Hör zu, Suliman, ja?, sei kein gutgläubiger Dummkopf, morgen wirst du auch in Stücke gerissen. Oh je. Mich überläuft ein Schauder, ich sehe, wie meine Hände zu einer Seite fliegen, meine Füße rückwärts, und mein Kopf abgerissen wird, und aus meinem Gehirn spritzt Blut, ich bin ganz und gar blutig. Ohne nachzudenken, ganz automatisch, kommt mir Mandela in den Sinn, und ich sage zu ihm, ich möchte leben. Ich sehe, er ist entsetzt, er erstarrt. Ich sage ihm, ich werde die Besatzung besiegen, aber ohne Blut, ohne Verletzte und ohne Tote. Er verändert sich, wird rot, fuchsteufelswild. Ich bleibe *cool*, was denn, auch wenn er es will, wie wird er mich schlagen?« Suliman stoppt seinen Redefluss und lacht. »Und dann, ganz ruhig, sagte ich zu ihm, dass ich ab heute für ihn Suliman Nelson Mandela sei und eilte davon.«

Mohammed simst ein drittes Mal und fordert Suliman auf, sofort zum Eingang zu kommen, mir schickt er Grüße. Suliman schnappt seinen Rucksack, steckt die Zigarette an, die schon eine Weile zwischen seinen Lippen darauf gewartet hat, stößt den Rauch durch die Nase aus.

»Es war sehr angenehm, Suliman Nelson Mandela«, sage ich, als wir uns zum Abschied die Hand geben.

»Mir auch«, antwortet er.

Ein kurzes Schweigen.

»Vielleicht, was weiß ich, vielleicht werde ich am Schluss noch Mandela«, sagt er, zieht das Palästinensertuch fester um den Hals und geht davon, allerdings nicht besonders schnell.

16. September 2014

Attentat mit dem Sicherheitskarabiner. Arabische Arbeiter kappten das Seil, während ihr Vorarbeiter die Fenster im 11. Stock bearbeitete. Er stürzte zu Tode.

War es möglich, dass Suliman Nelson Mandela damit Schluss machen würde?

*

Ich erhalte eine Nachricht von Mohammed. »Wann treffen wir uns?«

Ihm ist klar, dass wir weitermachten, seine und meine Geschichte, ihre und unsere, würden wir mit Kette und Schuss weiterweben.

Und kein Wort über das Karabiner-Attentat.

Oktober 2014

Ein Restaurant im Westen von Jerusalem

Mohammed kommt zu früh, er wartet bereits auf mich. Als ich eintrete, studiert er schon die Speisekarte. »Nichts, was ich mag«, beklagt er sich. »Ich möchte Lamm. Beim nächsten Mal entscheide ich, in welches Restaurant wir gehen.«

»Einer muss immer kompromissbereit sein«, sage ich, ich bedauerte, dass ich die Wahl des Lokals nicht mit ihm abgesprochen hatte, aber ich hoffte, er würde merken, dass man hier ausgezeichnet aß. Ich schlage vor, Ravioli als Hauptgericht zu nehmen und danach etwas Süßes zum Feiern. Ich bestelle Tiramisu, Crème brulée und Schokoladenkuchen.

»Was ist los mit dir?«, fragt Mohammed erstaunt.

»Was feiert ihr?«, fragt auch der Kellner.

Ich weiß nicht genau, was ich antworten soll, verspreche aber, beiden am Ende unseres Treffens eine Antwort zu geben.

Als der Kellner gegangen ist, will Mohammed wissen, welchen Eindruck Suliman auf mich gemacht habe.

»Nun, was für ein Mensch ist er?«, fragt er. »Mochtest du ihn?«

Ehrlich gesagt, ja, denke ich. Aber ich bringe das Wort nicht heraus.

»Gibt es ein Problem?«, fragt Mohammed.

»Das Messer«, stoße ich verlegen aus. Wie wurde ich jetzt da wieder hingeschleudert?

»Was heißt, das Messer?«, sagt er. »Er war ein Kind, und es war höchstens ein Kratzer. Sogar eine Katze kratzt tiefer. Glaub mir, auf den Rücken der Soldaten, die er angegriffen hat, war kaum eine Blutspur zu sehen. Weniger als man für eine Blutsenkung braucht. Er hat sich als Held aufspielen müssen. Was sonst? Zwölf Jahre Gefängnis. War er am Schluss ein Idiot? Er hat etwas Tolles daraus gemacht. Sei nicht so hart, sei ein bisschen emphatisch, mach mit, ich bin sicher, am Schluss wirst du unser Ass sein.«

»Ein Ass? Hast du es jetzt mit Karten?«

»Die Geschichte meines Lebens. Mein Großvater war Pokerkönig in den Golfstaaten.«

Ich lache. »Wirklich?«

»Wirklich. Wie ich gesagt habe, ihr Juden seid misstrauisch, selbst wenn ich die Wahrheit sage, glaubt ihr mir nicht.«

»Erzähl es mir genau.« Ich will verstehen, was mein palästinensischer Held meint, der nun offen sagt, Poker sei die Geschichte seines Lebens.

»Wir waren Kinder, und draußen tobte die Erste Intifada«, erklärt er. »Die Kindergärten und Schulen waren geschlossen, die Geschäfte waren geschlossen, jeden Tag ist bei uns einer umgebracht worden. Mein Vater entschied, dass seine Söhne keine Steine werfen sollten, er hatte Angst um uns. Wir waren eine kleine Familie, die kleinste in Ostjerusalem. Mein Vater, er möge leben, zog es vor, dass wir Angsthasen waren, dafür aber lebendig.«

März 1967

Eine Fahrt mit den Pfadfindern

Ich stand auf dem Gipfel des Arbel, zwischen dem Jordan und dem Meer, um mich herum steile Felsen aus Basalt, Jehuda, unser Gruppenleiter, und zwanzig Pfadfinder spornten mich an, hinunterzugehen, zwischen den scharfen, kantigen Felsspitzen hindurch.

»Wie wollt ihr gewinnen, wenn ihr euch nicht abhärtet?«, ermunterte Jehuda mich und die anderen entsetzten Pfadfinder, die sich in einer langen Kette an den Händen hielten. Micki stützte Rina, Gadi und Rafael stützten mich. Aber ich sah das Antlitz des Todes, ich sah uns am Fuß des Hügels zerschellen.

Nicht schlimm, wir schaffen es, alles, alles wird gut, sangen wir.

»Ich komm nicht runter«, stieß ich aus.

»Dann bleib oben«, sagte Jehuda, enttäuscht von meinem Zaudern.

Viele Augen waren auf mich gerichtet.

Gadi ließ meine eine Hand los, Rafael packte mich fester und rief Jehuda zu, meine Mutter werde sterben, wenn mir etwas passiert, ich sei das einzige Kind, erklärte er, ich hätte keinen Vater, und leiser fügte er hinzu, »ihre Mutter kommt aus der Schoah.«

Na und, was war schon dabei, dass mein Vater tot war und meine Mutter aus der Schoah kam? Warum erzählte er das dem Gruppenleiter? Rafael machte mich wütend.

»Die Ängstlichen sterben zuerst«, erklärte Jehuda.

Ich hasste auch ihn.

»Nein, die Mutigen sterben zuerst«, sagte Emil.

Alle schauten zu ihm.

»Sie wird es schaffen«, versicherte Jehuda. Er ignorierte Emil.

Rafael drückte fest meine Hand.

»Lass los«, drängte ihn Gadi.

»Sie schafft es«, entschied Micki.

Racheli war schlau, geht es mir durch den Kopf. Sie hatte bei diesem Ausflug einfach nicht mitgemacht. Racheli schlief nicht gern in einem Zelt, und sie hatte auch keine Lust, Berge hochzuklettern.

Rina stützte sich auf Micki und ermunterte Rafael, den Abstieg zu wagen.

Rafael zögerte, ich hatte Angst, mich auf seinen weicher werdenden Griff zu verlassen, wich zurück, zog meine Hand aus seiner und sank zu Boden. Er wird zurückkommen, er wird mich nicht allein hierlassen, tröstete ich mich.

Nicht weit von mir, oben auf dem Felsen, saß Emil, in eine topografische Karte vertieft. »Ich suche uns einen anderen Weg hinaus aus diesem Wahnsinn«, sagte er und strich sich das schwarze Haar aus dem Gesicht.

Auf dem Weg nach unten stützte er mich. Mein Gesicht glühte. Ich sagte ihm nicht, dass Rafael fast mein Freund war, dass wir schon Hand in Hand liefen, dass wir uns auf der Bank hinter der Baracke fast geküsst hatten, hätte uns nicht eine Katze erschreckt, die von der Mülltonne sprang. Ich sagte ihm nicht, dass ich noch immer den zarten Duft der Kiefern roch, fühlte, wie mein Körper zitterte und wie seine Finger sich mit meinen verschränkten.

Emil erzählte von einem Berg aus Dolomitenkalkstein, der bei einem Vulkanausbruch vor vier Millionen Jahren entstanden war. Und dass bei diesem Ausbruch der Gipfel des Arbel und alles darum herum von einer Lavaschicht überzogen worden war.

Himmel und Erde, er weiß alles, dachte ich.

Langsam und vorsichtig stiegen wir den Pfad hinunter, den Emil gefunden hatte, ein Pfad, der unseretwegen den Beinamen »Pfad der Angsthasen« bekam.

Unten angekommen, standen Rafael und ich weit voneinander entfernt und vermieden es, einander anzusehen.

Das war unsere erste Trennung.

Auch in diesem Moment spüre ich die erdrückende Last, die damals auf mich sank und kaum zu ertragen war.

Die Enttäuschung der ersten Liebe.

Danach ignorierten wir uns drei Jahre lang.

Rina erzählte, dass er aufgehört hatte, am Konservatorium zu studieren, »er spielt nicht mehr Geige«, sagte sie.

Von mir aus kann er sterben, dachte ich.

*

Ich höre Mohammed zu, der sagt: »Mein Vater hatte meiner Großmutter versprochen, für alle zu sorgen. Er schlug vor, wir sollten zu ihr und Großvater ziehen, damit sie auf uns aufpassen könnten, und er wäre derjenige, der für Einkommen und etwas zu essen aufkommen würde. So kam es, dass unser Großvater zu unserem Kindergärtner wurde. Er musste sich mit uns beschäftigen, während unsere Großmutter in der Küche für uns kochte. Wir waren fünf Kinder, Jungen, was konnte er da tun?« Aus Mohammeds Mund klingt das wie eine rhetorische Frage.

»Poker?«

»Wir kamen ihm wie gerufen. Jeden Tag eröffnete er den Spieltisch, morgens, mittags, abends. Und nicht nur ein paar Tage lang – vier Jahre. Wir waren ein eingeschworenes Team.«

Mohammed schweigt einen Moment. Es ist klar, dass ihn die Erinnerungen überwältigen.

»Und dann, eines Tages, stand ich mitten im Spiel auf, um ihm einen Kaffee zu machen. Und als ich zurückkam, fand ich ihn aufrecht sitzend, aber bewegungslos vor. So ist er gestorben, aufrecht.«

Wieder schweigt er.

»Als die Intifada zu Ende ging, bat ich darum, weiter bei unserer Großmutter bleiben zu dürfen, ich wollte auf sie aufpassen. Du wirst lachen, aber man sagt über unsere Familie, dass wir fast ein bisschen wie die Juden sind. Auch bei uns sind viele im Krieg umgekommen und wir passen gut aufeinander auf.«

Wieder betont er, sie seien die kleinste Familie in Ostjerusalem. Im Ersten Weltkrieg, als die Ottomanen Palästina beherrschten, hätten alle männlichen Mitglieder der Familie bei der Armee gedient. Sie seien die Ersten gewesen, die gegen die Briten kämpften, und keiner sei vom Schlachtfeld zurückgekommen. »Nur die Mutter meiner Großmutter väterlicherseits ist übrig geblieben, unsere Urgroßmutter, deren Mann im Krieg geblieben war. Vor dem Krieg hatte sie sechzehn Kinder geboren, zwölf sind verhungert. Vier sind ihr geblieben. Zwei Jungen und zwei Mädchen. Eine von ihnen war Hemde, sie wurde zu meiner Großmutter, ich liebte sie sehr. Sie war es, die zu mir sagte: ›Du bist gescheit, du musst lernen.‹ Sie war es, die mich ermutigt hat. Viel zu früh erkrankte sie und starb schließlich, an Krebs. Ich erinnere mich, dass ich im Krankenhaus neben ihr saß und ein Arzt, der durch die Bettenreihen ging, mich anschaute und mir mit einem Schulterzucken bedeutete, ›es ist nichts zu machen‹, bevor er sich dem nächsten Patienten zuwandte. Bei Gott, sie packte ihn am Zipfel seines weißen Kittels. ›Beim Leben Moses', Jesus' und Mohammeds, ich möchte leben‹, flehte sie. Das rührte sein Herz. Er behandelte sie und sie lebte noch sechs Jahre. Ehrlich, wenn es ein Paradies gibt, ist meine Großmutter dort Königin. Und ich fing nach ihrem Tod an, Gedichte zu schreiben.«

»Gedichte?«

»Ich habe mein ganzes Leben lang davon geträumt, Dichter zu werden.« Sein Gesicht ist offen, und für einen Moment leuchtet es, doch das Leuchten verschwindet gleich wieder, und sein Blick schmerzt mich.

»Ich erinnere mich genau an den Moment, als meine Großmutter mich fragte, was ich einmal werden wolle, wenn ich groß sei. Ich war damals noch jung und wagte nicht zu sagen, dass ich Dichter werden wollte. Ich sagte, ich wolle Märtyrer werden. Sie sah mich fassungslos an, erschrocken über meine Bereitschaft zu sterben. Ich brauchte viele Jahre, um zu verstehen, was meine Großmutter gemeint hatte, als sie sagte, auch in tausend Jahren würden Gräber nicht zu einer Veränderung führen.«

Er schluckt.

»Eigentlich habe ich nur dir und Michaela davon erzählt, denn in den schweren Tagen, die ich erlebt habe und noch erlebe – was könnte ich meinem Vater schon sagen, meiner Mutter, Sofie, meinen Freunden? Was könnte ich ihnen sagen? Dass ich Dichter werden möchte?«

Juni 1967

»Ich möchte Astronom werden«, sagte Emil am Ende der Grundschulzeit zu unserem Lehrer.

Gelächter erfüllte den Klassenraum und rollte bis in den Flur.

Emil blieb aufrecht sitzen. Unser Lachen berührte ihn nicht.

Gadi wollte Pilot werden.

Micki Fallschirmspringer.

Rina Hebräischlehrerin und Racheli Stewardess.

Rafael stotterte erst, doch er fasste sich schnell und sagte, er würde Panzergrenadier werden.

»Und du?«, fragte mich der Lehrer.

Ich werde Schriftstellerin, dachte ich, und laut sagte ich, ich wolle in einen Kibbuz gehen.

*

»Mein Vater«, fährt Mohammed fort, er lässt sich von den Tränen, die in ihm aufsteigen, nicht beirren, »mein Vater war wirklich ein Typ. Er versprach meiner Großmutter, dass in Zukunft niemand aus seiner Familie mehr verhungern müsse, nie mehr. Er hatte ein Lebensmittelgeschäft, in dem er die meiste Zeit seines Lebens verbrachte, er sorgte dafür, dass es für seine Kinder immer genug zu essen gab. Übrigens, auch meine Brüder handeln mit Nahrung – sie haben ein Bombengeschäft –, aber nimm das nicht wörtlich, sie betreiben einen Kiosk und verkaufen Erdnüsse, Sonnenblumenkerne und so weiter.« Das ist ein etwas bitterer Scherz. »Schon als Kind war mir klar, dass ich meinem Vater helfen musste. Wenn ich sah, dass er wie ein Esel schuftete, dachte ich, es würde ihn umbringen, wenn ich ein wirklich guter Schüler wäre, denn woher sollte er das Geld für mein Studium nehmen? Ich sagte zu ihm, dass ich davon träumte, bei ihm im Laden zu arbeiten. Ich liebte ihn so sehr, ich wollte nicht, dass er für mich Geld ausgab, ich tat, als wäre ich verrückt danach, im Laden zu arbeiten. Er wusste nicht, dass ich heimlich Geld für ein Studium sparte. Ich habe nie wirklich kontinuierlich gelernt, aber irgendwie, dank meiner Großmutter, die mir etwas von ihren Ersparnissen gab, schaffte ich das Abitur, und dann schrieb ich mich für Kurse an der Universität ein. Zu meinem Bedauern mussten meine Brüder auf eine weitere Ausbildung verzichten. Erst heute ist mir klar, dass meine Brüder durch ihre Liebe zu meinem Vater irgendwie gescheitert sind.«

Der Kellner räumt die Teller ab.

»Ich höre nicht auf, an meine Mutter zu denken«, sagt er, und bei den Worten »meine Mutter« runzelt er die Brauen. »Sie war siebzehn, als ich geboren wurde, ein schönes, gutherziges Mädchen mit vielen Träumen. Doch was wurde letztlich aus ihrem Leben, mein Gott, wie viel Kummer haben wir ihr gemacht, wir drehten immer wieder Runden im Gefängnis, als wäre es unser Vergnügungspark, und statt Fußball zu spielen, warfen wir Steine. Tagsüber warfen wir Steine auf eure Soldaten, nachts spielten wir Verstecken mit eurer Polizei. Fast jeden Abend schlugen eure Soldaten mit Gewehrkolben an unsere Tür, stürzten ins Haus und führten uns mit einem Sack über dem Kopf und gefesselten Händen ab und brachten uns mit Lastwagen zum Verhör, um herauszubekommen, wer ›unser geheimer Kommandant‹ war.«

Mohammed schweigt eine ganze Weile.

»Im Alltag denke ich schon nicht mehr daran. Die Intifada war der schwärzeste Abschnitt meines Lebens. Fast jeden Morgen stellten meine Eltern fest, dass eines ihrer Kinder fehlte. Mein Vater verließ dann den Laden und machte sich auf die Suche. Meist stellte sich heraus, dass der entsprechende Sohn im Gefängnis war. Er musste einen Rechtsanwalt aufsuchen und wir waren gezwungen, ihn im Laden zu vertreten. Und wie oft weinte meine Mutter, und ihr, mein Gott, ihr sagt, dass die Tränen einer palästinensischen Mutter sich von den Tränen einer jüdischen Mutter unterscheiden.« Er spricht jetzt langsamer, mit Pausen zwischen den Wörtern. »Die schwerste Zeit meines Lebens fing damit an, dass Hassan, mein jüngster Bruder, der damals zwölf war, erwischt wurde, als er Steine auf eure Soldaten warf.«

Steine, sagt er, aber ich weiß, dass es Felsbrocken waren, die sie auf unsere Soldaten warfen.

»Mein Bruder knickte bei den Verhören eurer Geheimdienste nicht ein, er lachte den Polizisten ins Gesicht. Wie du dir denken kannst, kam das nicht gut an, sie schleppten ihn zum Friedhof, brachen seine Schulter, schlugen ihm ins Gesicht und sagten, wenn er nicht die Steinewerfer von Ras al-Amud verraten würde, wäre sein Leben nur kurz. Nachdem sie ihn verprügelt hatten, verkündeten sie, er würde sowieso sterben. Sie ließen den blutenden Hassan auf dem Friedhof liegen und gingen. Am nächsten Tag suchten mein Vater und ich nach Hassan, und erst nach zwei oder drei Tagen – ich stand so unter Schock, dass ich mich nicht mehr genau erinnere – fanden wir ihn halb tot zwischen den Gräbern. Da merkte ich, dass mich die Besatzung persönlich fertigmachte. Ich vergaß meine Mutter, meinen Vater, ich vergaß meine Familie, den Dichter – es war ein bestimmter Moment, da gab es nur noch Rache. Wir, meine Freunde und ich, warteten auf eine eurer Patrouillen und warfen eine Brandbombe auf den Jeep.

Mein Herz setzt einen Schlag aus. »Auf die Soldaten?«

»Nein, auf den Jeep.«

»Was ist mit den Soldaten passiert?«

»Nichts, keiner ist dringeblieben.«

»Wie sind sie rausgekommen?«

»Jeder auf seine Art.«

Mein Blut rauscht wie im Fieber.

Die Station für Brandverletzte, Desinfektionsmittel, Mickis grüne Augen.

Nein, gib nicht nach, höre weiter zu. Nein, das ist ausgeschlossen.

»Einen Tag später wurde ich verurteilt und ins Gefängnis gebracht«, höre ich ihn sagen, und noch immer fällt mir das Atmen schwer.

Auch seine Kraft lässt nach. »Schau«, sagt er, »es quält mich, mich an alles zu erinnern.« Er schließt die Augen, und die Worte kommen nur langsam aus seinem Mund. »Ich sehe das Gesicht meines Vaters, ich sehe einen älteren Mann, blass und vor Angst zitternd, der mich durch die Gitterstäbe anschaut, und ich weiß wirklich nicht, was ich ihm sagen soll. Und er weiß nicht, was er mir sagen soll.«

Der Nachtisch wird auf den Tisch gestellt. Er passt nicht zu unserem Gespräch. Aber er reizt unseren Appetit. Wir machen uns darüber her.

»Ich war erst sechzehn, ich bekam vier Jahre. Nach zwei Jahren kam ich durch einen Austausch frei. Und dann brach das Leben über mich herein – meine Mutter war krank, ich musste mir eine Frau suchen, und was weiter geschah, weißt du schon.«

Vermutlich weiß ich weniger, als ich gedacht habe.

»Weißt du, im Alltag bin ich abgehärtet, in den letzten Jahren bedrängen mich die Erinnerungen nicht mehr so sehr. Aber mit dir, in diesem Moment, erinnere ich mich an all diese Ereignisse meines Lebens, ich erinnere mich an alles, was damals geschah, ich erinnere mich an diejenigen, die umgekommen sind, und an die anderen, die verwundet wurden, ich erinnere mich an alle, ich erinnere mich an die Zeit, als ich Märtyrer werden wollte, ich erinnere mich, wie wir einer den anderen dazu ermutigten, zu sterben, wie wir glaubten, der Tod würde unser Leben retten.«

Mit dir erinnere ich mich auch, denke ich.

April 1970

Das Pessachfest kam. Das Fest der Befreiung und der Reinigungen, ich putzte mein Zimmer.

Es klopfte an die Tür.

Rafael stand davor.

Seit dem Berg Arbel hatten wir nicht mehr miteinander gesprochen.

Er war rot. Beide standen wir wie angewurzelt voreinander.

»Gadi hat gesagt, man müsse dich dazu erziehen, mutig zu sein«, sagte er.

»Gadi hat was?«

»Damals, auf dem Berg, ich dachte, du würdest hinter mir gehen, ich dachte, du folgst mir.«

Ich antwortete nicht.

»Können wir wieder Freunde sein?«

Ich wollte darüber nachdenken.

*

Mohammeds Handy klingelt.

Er steht auf, geht in eine Ecke des Lokals und kommt nach einigen Minuten zurück, mit bedrücktem Gesicht.

»Man hat mich beschimpft«, sagt er und deutet auf das Telefon. »Es war dieser Suliman, mein Onkel, der, den du zuerst aus Versehen angerufen hast. Er hat mich zurückgerufen, hat begeistert vom Krieg gesprochen, hat gesagt, es gebe keinen schöneren Tod, als im Kampf zu fallen. Er hat gesagt, er habe mich für mutiger gehalten.«

Auch bei uns fehlt es nicht an solchen Menschen.

Mohammed sinkt auf seinen Stuhl. »Der Frieden ist bei uns nicht attraktiv.« Er sieht traurig aus. »Im Frieden gibt es weder Feuer noch Blut und Flammenrauch, es gibt weder Uniformen noch Rangabzeichen und Kommandanten, aber im Frieden gibt es Geschichten«, ermutigt er sich, während er sich den Schweiß von der Stirn und den brennenden Augen wischt.

Er hat mich nicht aufgegeben, er verspricht mir weitere Geschichten.

Seine Bedrückung macht mich verlegen. Ich habe das Gefühl, etwas sagen zu müssen, ihn zu trösten, aber ich schaffe es nicht.

Er fasst sich und sagt, ich solle nicht verzweifeln, er habe eine lange Liste von Kämpfern und Geschichten.

»Du wirst alle treffen«, verspricht er.

»Nun, darf man jetzt erfahren, was ihr gefeiert habt?«, fragt der Kellner, als er mit der Rechnung kommt.

»Die Verzweiflung«, rutscht es mir heraus.

Der Kellner verstummt.

Ich wende mich an Mohammed. »Eigentlich bin ich, seit ich dich getroffen habe, etwas weniger verzweifelt.«

»Nun gut, jetzt, mit all dem Zucker im Blut, kann das sein, aber hören wir dich beim nächsten Mal, wenn du Lamm gegessen hast«, witzelt er.

Ich sage nicht, dass ich Vegetarierin bin, ich beende unser Treffen lächelnd und mit einer Umarmung.

22. Oktober 2014

Ein palästinensischer Terrorist verübte in Jerusalem einen Anschlag mit einem fahrenden Auto, tötete ein drei Monate altes Baby und verletzte sieben Menschen.

Gute Nacht, Hoffnung, guten Morgen, Verzweiflung.

Oktober 2014

Tel Aviv

Gegen Mittag, in einem Café in unserem Viertel, mustere ich die Gäste, um meinen Gesprächspartner zu eruieren. Mein Blick bleibt an einem jungen Mann hängen. Er ist es, den ich im Fernsehen gesehen habe, bei jener Demonstration, das ist der Mann, der gesagt hat, die Toten beider Seiten täten ihm leid. Ich setze mich ihm gegenüber. Kräftig, aufrecht, klare Augen, energischer Blick, Bartstoppeln, helle Haare, die früher bestimmt vom Wind durcheinandergeweht wurden, jetzt aber kurz geschnitten sind. Ein ultimativer Israeli des einundzwanzigsten Jahrhunderts.

»Mohammed hat vorgeschlagen, dass wir uns treffen«, sagt er freundlich lächelnd. »Er hat Angst, du könntest aufgeben.«

Ich lache. »Er hat also Verstärkung aus meinen eigenen Reihen geschickt.«

Es stellt sich heraus, dass Chen ein ehemaliger Nachbar war. Uns trennen sechzehn Jahre, und zwischen meinem Haus und dem Haus seiner Kindheit liegen nur zwei, drei Straßen.

Wir bestellen bei der Kellnerin jeder einen doppelten Espresso macchiato und Gebäck.

Sofort, wie könnte es anders sein, fangen wir an, über den Anschlag zu sprechen.

> Noch ein Anschlag.
> In der Fußgängerzone.
> Wieder ein getötetes Baby.
> Es zerreißt einem das Herz.

»Also, fangen wir an?«

»Klar«, sage ich.

»Ich fange immer mit der Geschichte meines Großvaters an. Polen, ein Schtetl, eine fromme jüdische Familie.«

»Falls du etwas vergessen hast, kannst du dich bei meiner Biografie bedienen«, sage ich.

»Und dann«, fährt er fort, »stand plötzlich dieser Verrückte auf, der davon träumte, nach Erez Jisroel auszuwandern.«

Das kann ich nicht bieten.

»So einer war mein Großvater, einer, der sich für den Zionismus entschied, ein aufsässiger, widerspenstiger Sohn, der die Familie nebst seiner schwangeren Frau Anfang der Dreißigerjahre verließ, seinen Traum verwirklichte und nach Palästina ging. Zwei Jahre arbeitete er hier, in dem fernen Land, um ein Zuhause für seine Frau und seine Nachkommen aufzubauen. Nach zwei Jahren kehrte er nach Polen zurück, um seine Frau und seine Tochter zu holen, und was mit all den anderen danach geschah, weißt du selbst.«

Ich weiß es, natürlich weiß ich es.

»Ich glaube, dass niemand mir je etwas dergleichen gesagt hat, aber zwischen den Wänden des Hauses wurde geflüstert, dass ich einen Großvater hatte, der mutig war und dass ich seinetwegen hier war. Irgendwie habe ich mir schon als Kind eingebildet, dass all die Familienmitglieder, die *dort* in den Tod gegangen waren, am Ende gedacht hatten, dass der Verrückte recht gehabt hatte.«

Nur der Verrückte hat recht.

»Ich wuchs in dem Bewusstsein auf, der Sohn eines Helden von 1967 zu sein. Mein Vater war der erste Fallschirmspringer, der in den Golanhöhen in die Quellen von Hamat-Gader sprang. Diese Legenden begleiteten mich von Geburt an – ein zionistischer Großvater und ein Vater, der die Syrer besiegt hat. Doch als ich viereinhalb war, verlor diese Geschichte an Glanz. Mein Vater zog wieder in den Krieg, in den Jom-Kippur-Krieg. Er kämpfte im Sinai. Die Fallschirmspringereinheit, bei der er diente, geriet zwischen zwei ägyptische Einheiten und wurde zerschlagen. Als er nach Beendigung der Kämpfe zurückkehrte, kaufte er ein Flugticket nach Deutschland.«

»Warum ausgerechnet nach Deutschland?«, frage ich entgeistert.

»Ich weiß es nicht wirklich, aber als Theatermensch kann ich dir nur sagen, dass es in jedem Akt und in jeder Geschichte geheime Motive gibt. Ich weiß nicht, was bei uns zu Hause wirklich los war, aber ich weiß, dass mein Vater kein Rückflugticket gekauft hatte. In jenem Jahr starb der Vater meiner Mutter, und mein Vater kam nicht zur Beerdigung. Ich erinnere mich an die sieben Trauertage und dass mein Vater nicht dabei war. Er war so lange nicht da, bis meine Mutter zu ihm reiste, um ihn zurückzuholen. Sie brachte Odysseus nach Ithaka zurück.

Die Kriegsgeschichten wurden im Lauf der Jahre zu meinem Fetisch. Ich las jedes Buch, das etwas über die israelischen Kriege erzählte, ich las über Eli Cohen, unseren Spion in Syrien, über Wolfgang Lotz, unseren Spion in Ägypten, ich las ihre Geschichten, ich las das Buch ›Feuer‹ von Yuval Neria, vertiefte mich in die Memoiren der dekorierten Soldaten, in Fotobücher über den Sieg, mir entging kein Aufsatz, kein Artikel, keine Untersuchung, kein Kriegsbericht.«

Uns trennen viele Jahre, aber es sind die gleichen Geschichten, sage ich mir. Und ich muss lächeln.

»Willst du, dass ich die Geschichte ergänze?«, frage ich.

»Wie zum Beispiel?«

»Hast du dich für ›Die Panzer von Tamuz‹ interessiert?«

»Ich habe es gelesen, es gehört allerdings nicht zu meinen Top Ten.« Er lächelt. »Man könnte fast sagen, dass meine Liebe zum Theater dem Bedürfnis entsprang, die Figuren aus den Heldengeschichten meiner Jugend nachzuahmen und wiederzubeleben. Schon in der zweiten Klasse organisierte ich eine Aufführung der ›Operation Entebbe‹. Ich spielte Joni Netanjahu«, sagt er und schüttelt den Kopf, als könnte er seine eigene Geschichte kaum glauben.

»Plötzlich fällt mir ein, dass in unserem Jahrbuch am Ende der Schulzeit, in dem aufgeführt wurde, was jeder von uns einmal werden würde – du weißt schon, Vered wird Ballerina, Ido Psychologe –, stand, dass Chen Mitglied einer arabischen Partei und schließlich Parlamentsmitglied werden würde, wie Mohammed Miyari. Ich muss sagen, sie lagen ziemlich richtig. Eigentlich war ich schon immer ein Linker, in Wirklichkeit aber wollte ich die Geschichte meines Vaters nachvollziehen. Ich war der Einzige in der Klasse, der kämpfen wollte, nur kämpfen, ich wollte Offizier werden. Ich sah keine Alternative, das war mein Weg, der Weg war der Auftrag der einen Generation an die nächste. Ich meldete mich zu einer Panzereinheit, ich konnte nicht anders.«

Und ich sehe, wie Rafael stirbt.

»Nach vier Monaten Grundausbildung brach die Erste Intifada aus. Ich wurde nach Gaza geschickt, ich verfolgte Kinder, Männer, Frauen. Sie hatten Steine in den Händen und ich eine Waffe und eine Keule, ich stand Auge in Auge mit dem Feind, und zwischen uns kein Panzer. Mein Schlachtfeld waren Flüchtlingslager, Shati, Dschabalija, Dschenin. Einer der Befehlshaber tötete irrtümlich ein Kind, einer wurde von einem Backstein an der Schulter erwischt, einer fiel in einer Gasse einem Hinterhalt zum Opfer.«

Chen spricht mit klarer Stimme, er blinzelt nicht, blickt aber plötzlich zur Seite. »Mir war klar, dass es meine Aufgabe war abzuschrecken, Angst einzujagen, die Zivilisten zu bedrohen, zu zeigen, wer hier das Sagen hatte, aber du musst die Assoziationen verstehen.«

Nach einer Pause fährt er fort: »Am Abend war Ruhe in Dschabalija, wir mussten unsere Anwesenheit demonstrieren, die nächtliche Ausgangssperre durchsetzen – die Patrouille hieß ›Pfau‹. Wir marschierten durch die Gassen. Ich hörte unsere Schritte. Wie der Sound im Theater, bei einem Stück über den Zweiten Weltkrieg – ein Mädchen liegt im Bett und hört die Marschschritte von der Straße, sie wird von Angst gepackt, all das, du weißt schon. Plötzlich kapierte ich, diese Schritte waren meine. Ein Schritt und noch einer, links, rechts, links, rechts. Wir waren hier. Unsere Einheit marschierte. Das war ein Sound, den ich von woanders kannte, und ich – was sagte ich mir selbst? Ich sagte mir, wir sind eine Armee zur *Verteidigung*. Zur Verteidigung Israels.

Am Tag darauf musste ich Verdächtige verhaften. Die Lagerbewohner hatten in der Schule zu erscheinen und wurden nach Männern und Frauen getrennt, die Männer auf die eine Seite, die Frauen auf die andere. Und ich, ich hatte keine andere Assoziation. Die Verteidigungsarmee. Die Rechtfertigung funktionierte. Bei einem anderen Ereignis, während einer Verfolgung in Dir al-Balach, kam ich auf einen Hof und sah einen Jugendlichen im Hemd, der an einen Baum gebunden war. Ich erkannte sofort, dass er am Downsyndrom litt, und mein Instinkt sagte mir, dass man Mitleid mit ihm haben und ihn befreien musste. Ich zog mein Messer aus dem Schaft und schnitt die Stricke durch. Der Junge fürchtete sich vor mir und den anderen Soldaten und floh. Seine Mutter kam aus dem Haus und schrie: ›Was habt ihr gemacht? Er ist geistig behindert.‹

Ich blieb stehen und sah der Mutter nach, die dem Jungen hinterherlief. Hauptsache, ich hatte mich als der ›gute Soldat‹ erwiesen, der den behinderten Jungen vom Baum losgebunden hatte.

Im Allgemeinen erinnere ich mich nicht an Gesichter, an Blicke, ich erinnere mich auch nicht an Aktionen. Manchmal fallen mir bestimmte Ereignisse ein, die sich ins Gedächtnis eingebrannt haben, Schrammen, die nicht verheilt sind. Wir zogen mit einem Vertreter des Geheimdienstes los, um einen Mann zu finden, der einen Molotowcocktail auf uns geworfen hatte. Ich schlug mit dem Gewehrkolben an eine Tür, *bumm* und noch einmal *bumm*, ich drängte hinein, die Mutter stand mitten in einem Raum, zitternd und im Nachthemd. ›Wecken Sie alle‹, befahl ich ihr. Aber sie brauchte sie gar nicht zu wecken, sie waren geübt, sie stellten sich auf, vier, fünf schlaftrunkene Kinder. ›Und wo ist Ihr Mann?‹, fragte ich. ›Weiß nicht‹, antwortete sie voller Angst und Zorn. Ich ging zum Schlafzimmer, kontrollierte, ob sich der Mann nicht unter dem Bett versteckt hatte. Aber ich zog nur einen etwa zehnjährigen Jungen heraus. Ich packte ihn am T-Shirt, wie man eine Katze packt. Alle wussten, dass diese Aktion sinnlos war – sie diente der Vorsicht, der Demonstration. Ich fühlte mich, als hätte ich Osama bin Laden geschnappt, als hätte ich das Richtige getan.

Dutzende Male, vielleicht Hunderte, bin ich in Häuser eingedrungen, habe an das Recht geglaubt, habe Gefühle gegen Ideen getauscht, habe mir gesagt, kein klar denkender Mensch würde sich einer Verteidigungsarmee widersetzen. Aber diesen Jungen habe ich nicht vergessen. Auch heute, jetzt, sehe ich sein erschrockenes Gesicht vor mir, seinen verzerrten Mund. Ich weiß noch, dass er nicht weinte, er zitterte nur am ganzen Körper.«

Seltsame Gedanken kommen mir in den Kopf. Ich möchte wissen, ob das im Sommer oder im Winter war, ob es in jener Nacht kalt oder warm war. Ich möchte fragen, ob die Kinder Flanellschlafanzüge trugen, und wenn ja, welche Muster sie hatten.

»Heute hasse ich es, wenn man meine Kinder weckt. Ihr Schlaf ist mir heilig. Heute bin ich Vater und keine zwanzig mehr, ich verstehe nicht mehr, wie ich das tun konnte, wie der gesellschaftliche Druck so viel stärker sein konnte als ich. Wenn ich heute nachts nach Hause komme, gehe ich auf Zehenspitzen. Mein Körper erinnert sich gut an den Geruch des schlafenden Hauses, er trifft mich immer, und für einen Moment denke ich, dass es ein *fucking* Kriegsverbrechen ist, Kinder mitten in der Nacht zu wecken.«

Die Kellnerin nähert sich unserem Tisch, fragt, ob alles in Ordnung sei, ob wir noch etwas wünschten.

Brunch in Ramat Aviv. Ein teures Wohnviertel, israelischer Herbst, ein klarer, schöner Tag, eine sanfte Sonne und ein leichtes Lüftchen, um uns herum gepflegte, angenehme Menschen, es riecht nach Omeletts, frischem Gemüse, Gebäck und Espresso, als wären wir in Paris, in Rom, in Berlin. Aber bei Gott, was für eine Unterhaltung führen wir.

»Und Ithaka ist noch weit«, sage ich. Chen lächelt.

»Bir Zait«, sein Lächeln wird breiter, »der Lastwagen, der mich und meine Soldaten transportierte, blieb im Westen stecken. Wir waren in Lebensgefahr. Ich war der Befehlshabende, und mir war klar: ein einziger Fehler und in der nächsten Minute tauchen sechshundert Palästinenser auf, um meine Soldaten zu ermorden. Sie kommen näher. Ich sehe sie, eine große Gruppe wütender Menschen. Ich verstehe, wenn wir nicht schießen, werden sie uns lynchen. Und dass unsere Waffen nicht effektiv waren. Ich gab den Feuerbefehl, aber nur eingeschränkt – allein ich und mein Stellvertreter würden schießen. Ich schrie, zielte auf Blechdosen, auf Bäume, auf Steine, nur keinen umbringen, sie sollen begreifen, dass wir, wenn sie sich nähern, wirklich auf sie schießen. Während der Aktion sagte ich mir: ›Wow, ich denke, das kriegen wir hin, meinen Soldaten wird nichts passieren.‹ Und gleichzeitig klopfte mein Herz wie rasend und ich dachte, dass ich jeden Moment sterben würde. Aber das war es nicht, wovor ich Angst hatte. Wir hatten keine Wahl, so musste man sich verhalten, sie waren die Mörder und wir verteidigten uns. Sie kamen näher, ich sah schon ihre Gesichter, noch ein bisschen, und ich schrie ›Feuer!‹. Und meine Soldaten entsicherten die Waffen, um zu schießen. Aber im Bruchteil einer Sekunde fasste ich mich, und obwohl die Palästinenser immer näher kamen, befahl ich meinen Soldaten, das Feuer nicht zu eröffnen und sich zurückzuziehen. Nur ich und mein Stellvertreter fuhren fort, in die Luft zu schießen, wir schossen, verzweifelt, um sie zum Rückzug zu bewegen. In Gedanken sah ich schon die Kugel, die mein Herz treffen würde, und wie meine Soldaten es mit sechshundert Palästinensern aufnehmen würden, und irgendwie wusste ich die ganze Zeit, dass man aus einem solchen Kampf nicht als Sieger hervorgehen kann.

Und dann, binnen einer Sekunde, verschwanden sie von der Bildfläche, und alles war ruhig. Ich kam aus der ganzen Sache heraus wie jemand, der sich zu lange in starkem Licht aufgehalten hat. Ich erinnere mich an einzelne Details – die Ereignisse jenes Tages sind in meine Erinnerung eingemeißelt, es braucht nur einen Moment, und sie brechen hervor, und wie in einem schlecht geschnittenen Film sehe ich eine Szene nach der anderen, und dazwischen taucht der drängende Gedanke auf, was hätte passieren können, oder richtiger, was nicht hätte passieren können.«

Er schweigt kurz, nimmt einen Schluck Wasser.

»Ich verließ die Armee nach vier Jahren als Offizier, aber als verwirrter Mensch. Warum war ich überhaupt dort gewesen? Gegen wen und gegen was hatte ich mit meinem Gewehr und meinem Schlagstock gekämpft? Und wie war es möglich, dass ich trotz meiner Zweifel wusste, ich würde mich, wenn man mich riefe, wieder stellen, ich würde wieder den Panzer besteigen und mit aller Kraft versuchen, den Feind zurückzuhalten. Aber das Leben, verstehst du – führte ich auf anderen Bahnen. Ich studierte Theaterwissenschaften.«

Chen schweigt, entschuldigt sich, er müsse jetzt gehen. Die Schauspieler warteten. »Aber die Fortsetzung wird kommen«, verspricht er. »Jetzt ist nur Pause. Es gibt einen zweiten Akt, vielleicht sogar einen dritten.«

Ich bleibe im Café sitzen, tippe schnell ein, was er mir erzählt hat.

Noch lange nach seinem Aufbruch kann ich meine Gedanken nicht stoppen, die wie Popcorn in meinem Kopf nach links und rechts zerplatzen, der Zahal [die israelische Verteidigungsarmee] ist die anständigste Armee, links, rechts, links, wir sind stolz auf euch, Soldaten des Zahal, links, rechts, links … Bis die Kellnerin kommt und den Tisch abräumt.

»Wer war denn dieser gut aussehende Mann?«, fragt sie. »Kann es sein, dass ich ihn im Fernsehen gesehen habe?«

»Ja«, sage ich.
»Was macht er?«
»Er ist ein Theaterregisseur.«
Es scheint, als wolle sie weitere Details über ihn erfahren, aber ein Gast am Nachbartisch zischt wütend: »Er ist berufsmäßiger Verweigerer, einer von diesen Scheißtypen.«
Die Kellnerin schweigt verwirrt.
Sie geht.
Ich gehe ebenfalls.

18. November 2014

Vier Betende und ein Polizist starben bei einem Attentat während des Morgengebets in der Synagoge im Viertel Har Nof in Jerusalem.

Dezember 2014

Jerusalem

»Nun, wie war's?«, fragt Mohammed mich, er will wissen, wie mein Treffen mit Chen verlaufen ist. Dann legt er ein dickes, leicht zerfleddertes Heft auf den Tisch.
»Die Gedichte?«, frage ich.

»Ja. Aber erzähl zuerst, was es Neues gibt.«

»Hast du von dem Anschlag in der Synagoge gehört?« Nichts ist gerade wichtiger als das.

»Hast du vor, Opfer zu zählen?«, fragt er enttäuscht. »Ich schlage vor, dass wir uns nicht darauf einlassen.«

Ich ärgere mich. »Warum nicht?«

»Ah, darauf willst du heute Morgen raus? Entscheiden, wer gut und wer böse ist … Wer recht hat und wer sich irrt …« Er rutscht unruhig auf dem Stuhl hin und her. »Wenn das so ist, dann solltest du mit Tamara von den Friedenskämpfern sprechen, sie wird dir gern von einem blinden Palästinenser erzählen, der sich verlaufen hatte und dann von einem Soldaten ihrer Einheit erschossen wurde. Sie hat den Einschuss auf dem Rücken des Blinden gesehen. Verstehst du, was sie gesehen hat? Noch bevor die Sanitäter kamen, schoss einer der Soldaten ihm ins Herz, um zu verhindern, dass jemand misstrauisch werden könnte. Übrigens, dieses Ereignis kam nie in eure Medien.«

Selektive Wahrnehmung ist seine Methode.

»Du hast sicher auch keine Ahnung davon, dass gestern in Issawiya ein Junge von einem Gummigeschoss tödlich getroffen wurde und dass in den Unruhen bei Hebron eine Frau, die vom Einkaufen kam, einen Kopfschuss erlitt. In euren Medien wird nicht gezählt, aber wenn du es schon nicht lassen kannst, dann sage mir, hast du ein paar Worte über den Mord geschrieben, der dieses Jahr im Juli begangen wurde?«

»Im Juni«, korrigiere ich ihn, »ja, im Juni.« Wie kam er auf die Idee, dass ich nichts über die drei Jugendlichen geschrieben hätte, die entführt und von Palästinensern umgebracht worden waren?

»Im Juli«, betonte er, »drei israelische Jugendliche, die Mohammed Abu Chedair verbrannten, den Jungen aus Shuafat. Erinnerst du dich? Hast du etwas über ihn geschrieben? Ein Wort? Zwei?«

Ich erstarre.

»Ein Volljähriger und zwei Minderjährige aus der Nähe von Bet Schemesch wurden verhaftet. Ihren Aussagen war zu entnehmen, dass sie in den Wald von Jerusalem gefahren waren, dort auf den entführten Jungen mit einem Radschlüssel eingeschlagen hatten und ihn dann, als er noch zuckte, angezündet hatten.« Die Stimme des Nachrichtensprechers hallt in meinen Ohren nach.

»Gebt den Jungen, die den Mord an den drei Entführten gerächt haben, ein *Like*«, schrieb jemand auf Facebook, als man sie geschnappt hatte.

Dieser Eintrag bekam einundzwanzigtausend *Likes*.

Mohammed gibt sich mit meiner wortlosen Reaktion zufrieden, zeigt einen so beherrschten Gesichtsausdruck, wie nur er es kann.

»Wir sprechen über die Zukunft«, sagt er.

»Ja«, stammele ich.

Er wechselt das Thema. »In zwei Wochen gibt es in Bait Dschala eine Versammlung der Friedenskämpfer, ich möchte, dass du kommst.«

Ich verstehe ihn nicht.

Er blickt mich erwartungsvoll an.

Das ist nicht unser Tag. Bait Dschala liegt hinter der grünen Linie. Mohammed ist verrückt.

»Keine Chance«, sage ich.

»Was ist mit dir?« Er wird rot. »Du willst ein Buch schreiben, aber nicht die besetzten Gebiete betreten? Willst du eine Redakteurin des *National Geographic* sein, eine Geparden-Forscherin?«

Er sieht enttäuscht aus. Versucht, mich zu beruhigen.

»Du brauchst dir keine Sorgen zu machen. Unsere besten Kämpfer werden dich beschützen.«

Also wirklich, da hatte er die Richtigen gefunden, um mich zu beschützen.

Er beharrt darauf, mir die Details zu nennen. »Die Versammlung findet am Schabbatmorgen im Saal von Talitha Kumi in Bait Dschala statt.«

»Wo liegt Bait Dschala genau und wer ist dieser Talitha Kumi?«, frage ich. Es kann ja nichts schaden, wenn ich zumindest Bescheid weiß.

»Bait Dschala ist eine palästinensische Kleinstadt im Süden von Jerusalem, auf dem Weg nach Bethlehem. Am Ortseingang befindet sich die lutheranische Schule Talitha Kumi, die früher eine Mädchenschule für christliche Waisen war.«

»Talitha Kumi«, wiederhole ich den fremden Namen.

»Soweit ich weiß, stammt der Name aus dem Neuen Testament und basiert auf der wundersamen Geschichte eines kleinen Mädchens, das erkrankte und im Sterben lag«, erklärt Mohammed. »Nachdem Jesus das Kind bei der Hand genommen und ›Talitha Kumi‹ gesagt hatte, was soviel heißt wie ›Mädchen, steh auf!‹, stand die Kleine auf und lebte.«

»Du bist Wikipedia«, sage ich, aber in meinem Kopf taucht bereits das Schlussbild auf: Ich werde dort sterben, und Jesus erscheint vielleicht nicht.

»Jedenfalls weiß nur Gott, wo die Grenzlinie tatsächlich verläuft und zu wem abends das Gebiet gehört«, fügt Mohammed hinzu, »jede Seite behauptet, es gehöre ihr.«

Er will unbedingt, dass ich komme.

Zum Glück kommt gerade die Kellnerin, ich bin erleichtert.

»Und?«, fragt Mohammed, nachdem wir bestellt haben.

Nein. Was ist nicht klar?

»Bei unserem Treffen werden Friedenskämpfer von uns und von euch über die Verwandlung sprechen, die sie durchgemacht haben. Wenn du kommst, verspreche ich dir, dass du nicht nur ein tolles Buch bekommst, sondern auch etwas, was du irgendwann deinen Enkeln erzählen kannst.«

Meine Enkel werden die Geschichte einer Großmutter haben, die in Bait Dschala ermordet wurde.

Was ist schlecht an zu Hause? Werde ich eben die Geparden von zu Hause aus erforschen.

Aber er weiß doch, dass Bait Dschala im Gebiet A ist, verboten für Israelis. Und nicht ohne Grund. Lass dich nicht verführen. Pass auf dich auf.

»Wenn du wirklich über uns schreiben willst, musst du aus der Nähe sehen, wie unser Leben verläuft. Wie willst du etwas über jemanden erzählen, wenn du es nicht mit eigenen Augen gesehen hast? Ich habe zwanzig Häftlinge genommen und wir sind nach Yad Vashem gefahren, wir sind nach Auschwitz gefahren – und du bist nicht bereit, Bait Dschala zu betreten? Zehn Minuten Fahrt von Jerusalem entfernt?«

»In Auschwitz bringt man heutzutage niemanden mehr um«, sage ich.

»In Auschwitz nicht, aber wenn ich von dort nach Hause zurückkehre, könnte ich möglicherweise umkommen, verstehst du das nicht? Wie willst du über uns schreiben, wenn du es nicht nachfühlen kannst? Ohne das Leid mit eigenen Augen gesehen zu haben?«

Ich unterbreche ihn. »Muss denn jeder Onkologe an Krebs erkranken?«

»Ich sage doch nicht, dass du zu einer Palästinenserin werden und in einem Flüchtlingslager leben sollst – ich wünsche dir nicht unser Leben. Aber ich möchte, dass du uns aus der Nähe kennenlernst, so nah wie möglich, nicht nur durchs Fernsehen oder meine Geschichten. Oder anders, wie willst du unseren Dschungel im Nahen Osten beschreiben? Von einem klimatisierten Wohnzimmer aus, vor Computer und Tastatur hockend?«

Er achtet auf die Lautstärke und den Ton seiner Rede, aber sein Blick entfernt sich von mir.

Du verlierst ihn, du wirst enttäuscht sein. Du musst ihm begreiflich machen, dass deine Angst von deinen Erlebnissen herrührt, und von deinem Naturell.

In meinen Schläfen hämmert es.

Mohammed erschrickt. »Bei Gott, du siehst aus, als würdest du gleich umkippen.«

»Lass mich«, sage ich.

»Sag, hast du wirklich solche Angst?«

12. Oktober 2000

Zwei Reservisten verlaufen sich und irren durch die Straßen Ramallahs. Die palästinensische Polizei nimmt sie fest, eine lärmende Menge erscheint vor dem Gefängnis und verlangt, sie auszuliefern. Die Polizisten fügen sich dem Willen der Menge, die beiden werden aus dem ersten Stock in die Hände der Palästinenser geworfen, die sie steinigen und mit Stöcken schlagen. Die Augen werden ihnen herausgerissen, und auch als sie bereits tot sind, werden sie noch getreten und man sticht auf ihre Leichen ein.

*

»Sind wir uns einig, dass das hier kein verdecktes Pokerspiel ist?«, höre ich Mohammed sagen.

»Erinnerst du dich an den Lynchmord in Ramallah? Weißt du noch, was ihr mit den Soldaten angestellt habt, die aus Versehen die Grenze überschritten hatten?«

Mohammed fällt die Antwort schwer. Sein Gesicht zeigt einen schmerzlichen Ausdruck. Gedankenlos hebt er das Heft mit den Gedichten, das die ganze Zeit auf dem Tisch gelegen hat, drückt es an sich und seufzt.

Ich werfe einen Blick auf das Heft.

Wenn man die Realität nicht ändern kann, soll man wenigstens das Thema wechseln.

»Das ist die richtige Zeit, der richtige Moment«, sage ich.

»Gedichte«, sagt er, meinen Ton nachahmend, »erst nach Bait Dschala.«

*

Auf dem Weg nach Hause überfällt mich wieder die Beklemmung. Er kennt mich nicht wirklich – ich breche keine Gesetze, ich verwässere keine Statuten. Ich bezahle ehrlich meine Steuern, ich habe noch nie verboten geparkt und ich bin noch nie bei Rot über die Straße gegangen. Wenn ich beim Einkaufen zu viel Wechselgeld herausbekomme, gebe ich es zurück, und wenn ich einen Polizisten sehe, sogar einen Verkehrspolizisten, setzt mein Herz einen Schlag aus und ich frage mich, ob ich mich richtig verhalten habe.

Mohammed muss das verstehen, ich gehe nur bis zur Grenze, ich bin die Spitze des *mainstream*, ich bin seine Verkörperung.

April 1967

»Komm zu mir und lass uns die Sterne betrachten«, schlug Emil vor und teilte mir voller Freude mit, dass seine Eltern ihm ein neues Teleskop geschenkt hatten.

Sei bereit, deine Pflicht zu erfüllen.
Treue zu Volk und Vaterland ...
Bereit, immer bereit.

Er zitierte lachend die Hymne der Pfadfinder, dann schwang er sich auf sein Fahrrad und fuhr davon.

Februar 1968

Literaturunterricht

Die Lehrerin forderte uns auf, des Soldaten Uri Ilan zu gedenken.

Er war in Syrien gefangen genommen worden und hatte nach vielen Folterungen im Gefängnis Selbstmord begangen. Als seine Leiche nach Israel zurückgebracht worden war, fand man in seiner Hosentasche einen Zettel, auf dem stand: »Ich habe nichts verraten.«

In der Klasse herrschte Schweigen. Die Lehrerin sagte, wir sollten ihm zu Ehren ein Gedicht von Nathan Alterman vorlesen. Sie sagte, es sei der richtige Zeitpunkt, den Kopf zu senken, aber unseren Stolz hochzuhalten und daran zu denken, dass wir es, wenn nötig, auch könnten.

Was ist das Erbe aus der fernen Nacht des Verlusts?
Was hinterließ er für die Tradition und die Geschichte?
Erinnere dich, Israel, er vererbte dir die Nachricht,
die in deiner Schatzkammer aufbewahrt wird.

Das ist die Nachricht, in der die Hingabe eingraviert ist,
die nie aufhört,
und die Namen der Freunde, des Volkes, der Mutter …
Gibt es in der Welt ein größeres Erbe?

»Natürlich gibt es das.« Emils Stimme unterbrach die Stille.

»Der Tod ist auf keinen Fall gerecht.« Emil beharrte sachlich und scharfsinnig auf seiner Theorie.

Wir starrten ihn an.

Das hätte er nicht sagen dürfen. Die Lehrerin deutete mit der Hand zur Tür, und Emil verließ den Klassenraum.

Sie fuhr fort und las das Gedicht bis zum Ende vor.

Das ist Uri Ilan, Sohn dieses Landes.
Sohn unserer Dörfer. Er ist einer der Kinder,
die unsere Tage schultern,
mit aller Härte des Gesetzes.

Wir waren wie gelähmt.

Niemand ging in die Pause. Wir blieben einfach auf unseren Plätzen sitzen und sprachen nur über Uri.

Mir schlug seine Heldenhaftigkeit auf den Magen. Ich rannte

aus dem Klassenraum zur Toilette. Im Flur traf ich auf Emil. Er lehnte an der Wand, mit bedrücktem Gesicht, die Hände in den Hosentaschen.

»Du bist wie die anderen«, sagte er in kritischem Ton.

»Was soll das heißen?«, fragte ich.

*

Als ich zu Hause ankomme, ruft Mohammed an.

Er wiederholt sein Versprechen. »Beim Leben Allahs, wir passen auf dich auf.«

Was versteht er schon? Von der Schoah, den Kriegen, vom Leben selbst?

Allah und seinesgleichen sind meine Sache nicht.

»Wenn überhaupt, dann muss ich wissen, was erlaubt und was verboten ist. Ich muss wissen, wo die Grenzlinie verläuft und wo ich sie überschreite«, antworte ich.

»Die besetzten Gebiete sind ein anderer Planet, niemand weiß so genau, was verboten und was erlaubt ist«, antwortet er.

Was soll das heißen?

»Meine Liebe, das ist ein undurchsichtiger bürokratischer Verwaltungsapparat, ein System voller Widersprüche. Auch gegenüber jüdischen Israelis basieren die Entscheidungen, was erlaubt oder verboten ist, auf dem, was möglicherweise passieren könnte, das heißt, wenn – dann, erlaubt – verboten.«

Ich verstehe gar nichts.

Ich unterbreche ihn. »Wo erkundigt man sich, wo ruft man an, wen fragt man?«

Er lacht. »Man erkundigt sich bei mir, man ruft mich an, man fragt mich.«

»Also wirklich.«

»Was heißt das, also wirklich? Wenn ihr ›verboten‹ sagt, ist es manchmal erlaubt, und wenn ihr ›erlaubt‹ sagt, ist es manchmal verboten.«

»Mohammed, sei ernst«, beharre ich.

»Dann wende dich an die Koordinationsstelle der Armee.«

*

Nach diesem Gespräch surfe ich durch die Homepage der Koordinationsstelle.

»Mit Beginn der Ereignisse ›Ebbe und Flut‹ Ende 2000 wurde von der Armee eine Verordnung herausgegeben, die Israelis verbietet, das Gebiet A und einen Teil des Gebiets B im Bezirk Jehuda und Schomron zu betreten.«

»Ebbe und Flut«? Ich war gezwungen, den Begriff bei Wikipedia nachzuschlagen.

»Die Formulierung ›Ebbe und Flut‹ war der interne Code der Verteidigungsarmee für die Zweite Intifada.«

Ich surfte weiter durch die Webseite, verfolgte jedes Detail, las jedes Wort.

»... betreffs Anträge auf Ausnahmegenehmigungen wende man sich an die zuständige Stelle der Militärverwaltung.«

Ich zögere. Vielleicht macht mich die Absicht bereits der Grenzüberschreitung schuldig.

Ich bin verwirrt, versinke in meinen Angstvorstellungen.

Ich werde verfolgt, bestraft, verurteilt, ins Gefängnis geworfen.

Ein paar Tage später, rufe ich, trotz dunkler Ahnungen, an.

Ich bin froh, dass niemand an den Apparat kommt, und hinterlasse eine Nachricht auf dem Anrufbeantworter.

Eine Stunde später rufe ich wieder an. Diesmal antwortet mir ein junger Soldat, freundlich und höflich.

»Ich bin zu einer Konferenz in den besetzten Gebieten im Bezirk A eingeladen worden und möchte gern wissen, was verboten oder erlaubt ist.«

»Der Bezirk A ist palästinensisches Gebiet. Das Betreten ist israelischen Staatsbürgern verboten.«

»Ist es möglich, eine Sondergenehmigung zu bekommen?«

»Grundsätzlich ja. Sie können einen Antrag einreichen, aber ich kann Ihnen nichts versprechen, wir schicken die Anträge zur zuständigen Dienststelle. Die Antwort kommt wegen der unsicheren Situation erst einen Tag vor dem geplanten Grenzübertritt.«

Das hört sich professionell an.

»Wie lange vorher muss ich den Antrag stellen?«

»Mindestens eine Woche.«

»Was muss ich tun, um die Formulare zu bekommen?«

»Wenn Sie mir Ihre Mailadresse geben, schicke ich Ihnen die Formulare, die sie handschriftlich ausfüllen müssen. Und beachten Sie, dass Sie auch eine Sicherheitserklärung unterschreiben müssen.«

»Noch eine Frage, wenn Sie erlauben: Zu welchem Bezirk wird Bait Dschala gerechnet?«

»Zum Bezirk A.«

»Was heißt das?«

»Wie gesagt, der Übertritt ist eine Straftat«, antwortet er sofort. »Ich rate Ihnen, sich nicht in Schwierigkeiten zu bringen, kann sein, dass nichts passiert, aber wenn doch …«

Ich fahre in höflichem Ton fort: »Mir wurde gesagt, dass sich in einem Vorort von Bait Dschala ein Ort befinde, der ›Talitha Kumi‹ heißt und möglicherweise nicht als palästinensisches Verwaltungsgebiet deklariert wird. Kann mir jemand eine Antwort auf diese spezielle Frage geben?«

»Ich gehe dem nach. Geben Sie mir inzwischen Ihre Mailadresse und ich schicke Ihnen die entsprechenden Formulare zu.«

Nach einigen Minuten kommt die erste Mail von der Militärverwaltung: »Leider habe ich noch keine Antwort bezüglich Talitha Kumi erhalten, ich versuche, möglichst bald eine Auskunft zu bekommen«, schreibt der Soldat und schließt mit den Worten: »Passen Sie auf sich auf.«

»Möglicherweise passiert gar nichts.« Seine angenehme Stimme klingt mir wie ein Echo in den Ohren. Man macht sich Sorgen um mich, man ist nett zu mir.

Innerhalb von weniger als einer Stunde kommt eine weitere E-Mail. Diesmal mit Antragsformularen und einer Erklärung als Anhang.

»… ich wurde gewarnt und mir ist bewusst, dass in dem geschlossenen Gebiet Kriegshandlungen stattfinden und es für die Menschen, die sich dort aufhalten, Sicherheitsrisiken gibt, insbesondere für israelische Staatsbürger, die Schaden an Körper und Besitz erleiden könnten. Trotz der erwähnten Gefahren nehme ich freiwillig die Risiken auf mich und verzichte auf jegliche Forderungen gegenüber dem Staat Israel hinsichtlich der Gefahren, die während eines Aufenthalts in dem geschlossenen Gebiet herrschen und zu einem Schaden jeglicher Art und Abstufung an Leib und Leben führen könnten, sowie zu einem Verlust von Besitz, egal aus welchem Grund oder unter welchen Umständen diese Gefährdungen während des Aufenthalts in dem geschlossenen Gebiet auftreten.«

Tod jeglicher Art oder Abstufung …

Ich unterschreibe nicht.

*

Zehn Tage warte ich auf Antwort bezüglich Talitha Kumi.

Du fährst also, sage ich mir und genieße das Gefühl von Heldenhaftigkeit, das mich überkommt.

Doch dann ergreifen wilde Bilder von meinen Gedanken Besitz. Entführung und Steinigung, und eine Kugel, die durch meinen Körper dringt. Diese Bilder erschüttern meine Heldenhaftigkeit zwar, können sie aber nicht bezwingen. Meine Heldenhaftigkeit schlägt vor, meine Gewohnheiten zu ändern und es zu wagen.

Zwei Tage vor dem Termin. Natürlich ist die Antwort von der Militärverwaltung noch nicht eingetroffen. Und ich schwanke noch immer zwischen Ja und Nein, als hätte ich meine Entscheidungsfähigkeit verloren.

Januar 2015

Ein Tag vor der Versammlung

Mohammed ruft mich an. »Also morgen«, sagt er, um mich an das zu erinnern, was ich nicht vergessen hatte, und um sich zu vergewissern, dass ich kommen würde.

»Ich werde kommen«, sage ich.

Mohammed und ich sind beide verblüfft, dass ich nicht einfach drauflosrede, sondern eine knappe und klare Auskunft gebe.

»Ein einziges Mal will ich mutig sein«, höre ich mich wie in einem Tagtraum sagen.

Danach reibe ich mit den Fingern den Punkt über meinem linken Auge, die Stelle, an der üblicherweise meine Migräne beginnt. Zu meinem Erstaunen kommt sie nicht. Alles, was ich empfinde, ist eine Hochstimmung.

»Ich schulde dir ein Geschenk.« Mohammeds Stimme ist die Aufregung anzuhören. »Ich werde dafür sorgen, dass Jamil extra deinetwegen aus Dheisheh kommt. Das ist eigentlich deine einzige Chance, ihn zu treffen. Jamil ist einer der Gründer der Friedenskämpfer und er hat noch immer keine Erlaubnis, israelischen Boden zu betreten.«

Ich lache. »Dann soll er in Zellophan verpackt kommen, mit einer Schleife.«

Bis zum Abend kontrolliere ich ständig meinen E-Mail-Eingang. Ich hoffe, eine positive Antwort von dem Soldaten zu bekommen, der mir sagte, ich solle auf mich aufpassen.

Am Nachmittag desselben Tages

Ein Messerangriff in einem Autobus in Tel Aviv. Ein palästinensischer Terrorist stach auf siebzehn Menschen ein. Vier davon befinden sich in einem kritischen Zustand.

»Und du fährst nach Bait Dschala?«

»Ich fahre.«

Auch ohne Erlaubnis.

Am Tag darauf, Bait Dschala

Es sind die Morgenstunden eines warmen Schabbat zwischen zwei regnerischen und windigen Tagen. Ich fahre mit einem Taxi von Tel Aviv nach Jerusalem.

An der Ausfahrt aus dem Tunnel von Gilo wartet Mohammed auf mich.

Ich steige aus dem Taxi.

Ein Schauer läuft mir über den Rücken, als ich mich in Mohammeds Auto setze. Er sitzt am Steuer, eine Armani-Sonnenbrille schützt seine Augen, mit seinem Zweitagebart und anständig angezogen, strahlt er eine gewisse Feierlichkeit aus.

»Zu unserer Versammlung sind vierzig neue Leute hinzugekommen«, erzählt er. »Dozenten, Psychologen, Historiker, Soziologen, von hier und aus dem Ausland.«

Seine Freude ist spürbar. Er ist in Hochstimmung.

Das ist ansteckend, meine Angst legt sich, die beängstigenden Szenen in meinem Kopf verblassen.

Die Fahrt nach Bait Dschala dauert nur wenige Minuten. Mohammed parkt das Auto. Jerusalemer Luft, kühl und klar, umfängt mich, als ich aus dem Auto steige. Wir gehen über einen Sandweg, der leichte Wind schiebt uns hinein in den Eingang zu einem Haus aus Jerusalemer Stein.

»Das ist das Gästehaus, dahinter liegt die Mädchenschule«, erklärt Mohammed.

Wir gehen an einer geschlossenen Veranda vorbei, ringsum die hügelige Landschaft. Ich sehe Gruppen von Jungen und Mädchen, von Männern und Frauen jeden Alters. Ich kann mir nicht vorstellen, dass dies unsere Feinde sein sollen. Hebräisch und Arabisch mischen sich, es sind Leute von uns und Leute von ihnen.

»Ah, unsere Schriftstellerin!« Suliman begrüßt mich erfreut.

Mir fällt sofort auf, dass er sich den Bart gestutzt hat.

»Mohammed hat entschieden, dass ich mich den normalen Menschen anpassen soll«, sagt er lächelnd.

»Er ist dabei, sich das Bartkämmen abzugewöhnen«, sagt Mohammed auf meinen fragenden Blick hin. »Siehst du meine Bartstoppeln? Ich lasse mir jetzt an seiner Stelle einen Bart wachsen. Ich hoffe, das wird mir auf dem Weg zur Normalität helfen.«

Wir lächeln beide. Eines der Mädchen verlässt die Gruppe und kommt zu uns. Sie schmiegt sich an Suliman.

»Auch ohne Bart liebe ich ihn«, sagt sie zu Mohammed.

»Ich bin ebenfalls verrückt nach ihm«, verkündet eine andere, die an uns vorbeigeht und Suliman einen Blick zuwirft.

»Das ist Tamara«, flüstert Mohammed mir zu.

Ich hätte gern gehabt, dass er sie mir vorstellt, aber sie bleibt nicht stehen.

»Darf ich dich mit Ra'ed bekannt machen?« Mohammed deutet auf einen Mann, der zu uns getreten ist. Auf der Stelle bekommt meine Heldenhaftigkeit Risse. Hätte sich so einer im Autobus neben mich gesetzt, wäre ich durchs Fenster geflüchtet. Gegen meinen Willen beginnen meine Muskeln zu revoltieren und verweigern mir den Dienst. Unabsichtlich rettet mich Mohammed davor, diesem Mann die Hand geben zu müssen. Er drängt mich weiterzugehen, sagt, unser Frühstück würde kalt werden.

»Welche Geschichte hat Ra'ed?«, frage ich, als wir wieder allein sind. »Was hat er getan?«

»Hier fragt man nicht, was jemand getan hat, hier fragt man, was er tun wird«, antwortet er.

»Wo ist Chen?«, will ich wissen.

»Du brauchst deine Verteidigungsarmee«, stellt Mohammed fest. »Aber er ist im Ausland, auf einer Vortragsreise.«

Halt den Mund, sage ich mir. Du bist schon hier. Mohammed ist dein Gastgeber, kränke ihn nicht.

Wir betreten den Speisesaal, der aussieht wie sämtliche Kibbuzspeisesäle Israels und in dem es nach Käse, Gemüse und Eiern riecht. Alle haben bereits gegessen, wir sind die Einzigen, die sich erst jetzt setzen.

»Übrigens, ich habe auch bei der Armeeverwaltung nachgefragt, ich habe dort Kontaktleute«, sagt Mohammed mit einem angedeuteten Lächeln. »Und wie mir gesagt wurde, gehören der Speisesaal, die Lobby und der Saal zum Bezirk C, was bedeutet, dass es sich um palästinensisches Gebiet unter Aufsicht der israelischen Armee handelt. Du kannst dich hier mit einer Genehmigung der Armee also aufhalten.« Sein Lächeln ist freundlich.

Ich unterbreche ihn. »Aber ich habe keine Genehmigung.«

»Spielt keine Rolle, sie kontrollieren hier meistens nicht. Glaub mir, ich kenne sie.« Er versucht, mich zu beruhigen. »Aber du solltest wissen, dass der Hof von Talitha Kumi komplett unter palästinensischer Kontrolle steht. Der Garten, den du durch das Fenster siehst, ist Bezirk A. Das bedeutet, dass du nur halb ungesetzlich handelst, wenn du im Speisesaal sitzt, aber wenn du in den Hof gehst, ist das schon etwas ganz anderes. Ich rate dir, im Speisesaal zu bleiben, und wenn du mit jemandem sprechen willst, der im Garten ist, dann stell dich ans Fenster. Sprich mit lauter Stimme von hier aus. Kurz gesagt, erlebe ein bisschen die Besatzung, und vergiss nicht, am Schluss wird alles in Ordnung sein, mach dir keine Sorgen.« Er lächelt, sieht zufrieden aus. Es genießt es offenbar, mich zu verspotten. Ich bin auf seinem Territorium. Meine Zweifel, meine Angst und mein Misstrauen haben zwar abgenommen, aber sie bedrücken mich noch immer.

Hör auf mit der Angst, sage ich mir in Gedanken, du bist schon hier, du hast die Grenze überschritten.

Mohammeds Handy klingelt.

»Shit, Emil wird nicht kommen«, stößt er enttäuscht aus, als das Gespräch beendet ist.

Emil? Bestimmt habe ich mich verhört. Und falls nicht, so gibt es noch weitere Emils auf der Welt.

»Ach, was ein Pech. Ich habe ein Problem, warum musste er ausgerechnet heute krank werden? Jetzt habe ich keinen Dozenten.« Mohammed sieht verwirrt aus. Er ruft zwei oder drei Aktivisten an und fragt, ob sie kommen könnten, und dazwischen spricht er im Telegrammstil mit mir. »Am Schluss werde ich den Vortrag halten müssen … warum klappt das jetzt nicht? Als hätten wir es nicht schwer genug.« Er sucht weiter in seiner Adressenliste, aber ich nehme schon kaum mehr wahr, was um mich herum geschieht. Ich bin gefangen in Erinnerungen aus früheren Tagen.

Januar 1968

Tel Aviv

Ich hoffte, keine Bekannten zu treffen, ich sehnte mich nach Dunkelheit. Die erste Rangreihe. Da saß ich mit Emil. Nur wir beide.

Als der Saal endlich dunkel wurde, erschienen *Die jungen Wölfe* auf der Leinwand, Nicole Croisille sang *I'll never leave you*. Emil berührte leicht meine Hand, meine Schulter, sein Bein drückte mein Bein.

Sein Geruch erfüllte meine Lungen, ich atmete tief.

Wir schmiegten uns aneinander. Ich spürte mein Blut in den Adern, etwas in mir erwachte, wurde stärker.

Dann wanderten seine Finger über meinen Körper, unter meine Bluse und meinen BH. Der Strom, der durch meinen Körper floss, machte mich bewegungslos, ich war vollkommen hingegeben an Emils Berührung. Als der Film zu Ende war und das Licht anging, lösten wir uns schweigend voneinander.

Emil fragte, ob ich mit ihm käme, er wolle mir durch sein Teleskop die Sterne zeigen. Aber als wir das Kino verließen, trafen wir Racheli und Gadi und Rina und Micki. Ich fühlte mich wie ein Vogel, der frontal gegen die Stäbe seines Käfigs stößt. Ich murmelte ein paar dumpfe Worte.

»Hat er dir vorgeschlagen, dein Freund zu sein?«, wollten Racheli und Rina am nächsten Tag wissen.

»Er hat mir vorgeschlagen, die Sterne zu betrachten«, antwortete ich.

Racheli und Rina kicherten. Sie wollten mich aus seinen Fängen befreien und zu Rafael zurückführen.

»Er wird bei der Armee Waffeln verteilen«, sagte Rina, und Racheli erzählte, Gadi habe ihr verraten, dass Emil nach dem Schwimmunterricht immer in Unterhosen dusche, weil er nicht beschnitten sei.

Ich glaubte Racheli nicht. Racheli war eifersüchtig, weil Emil der hübscheste Junge der Clique war. Racheli war nicht nur eine Lügnerin, sie stahl auch. Einen Tag vor der Prüfung in Literatur hatte sie mir den Gedichtband von Tschernikowski geklaut.

»Warum hast du das getan?«, fragte ich sie wütend, als ich mein Buch in ihrer Schultasche entdeckte. »Weil du sowieso alle Gedichte auswendig kannst«, antwortete sie. »Du bist wie Emil. Am Schluss wirst du ihn noch heiraten.« Sie lachte. »Aber Rafael ist hundertmal mehr wert.« Sie nutzte die Gelegenheit, ihrer Freundin eins auszuwischen.

*

»Ich glaube, auch Jamil wird aufgehalten«, sagt Mohammed. »Ich werde dich hier allein auf ihn warten lassen müssen. Der Vortrag fängt gleich an, und am Schluss muss ich ihn halten.«

»Kein Problem«, höre ich mich antworten. Vielleicht, um ihn zu beruhigen.

Januar 1968

Zwei Tage nach den »jungen Wölfen«

Emil wartete am Schultor auf mich und fragte höflich, ob er mich nach Hause begleiten dürfe. Ich wurde rot und gab keine Antwort. Er blieb hartnäckig, erzählte, er habe einen Platz entdeckt, den niemand kenne.

Ich schaute mich um. Keiner war da, der uns hätte sehen können.

Ich stimmte also zu.

Ich war sehr froh, dass er mich gewählt hatte.

Er führte mich zu einem verlassenen Hügel, darauf standen ein paar leere, fensterlose Häuser, ohne Dächer, ohne Türen, ohne Möbel und ohne Menschen.

»Hier war einmal ein arabisches Dorf«, erklärte er mir.

»Gott bewahre«, stieß ich aus.

»Man hat die Bewohner im Krieg vertrieben.«

Erst nach einer ganzen Weile fragte ich ihn, woher er das wisse.

»Mein Arabischlehrer hat mir von seiner Familie erzählt, die genau auf diesem Hügel gelebt hat.«

»Arabischlehrer?«

Emil erzählt mir Märchen, dachte ich. Er will mir bloß Angst machen.

»Ja. Meine Mutter ist davon überzeugt, dass, wer in diesem Land lebt, Arabisch lernen müsse. Sie glaubt, dass jeder so viele Sprachen wie möglich lernen solle. Sie will, dass ich mich in allen Situationen zurechtfinden kann und verstehe, was man mir sagt und was man von mir will. Meine Mutter spricht sieben Sprachen. Sie sagt, das habe ihr im Krieg sehr geholfen.«

Er sagte ein paar Sätze auf Arabisch.

Ich erschrak.

»Und wie ist dein Arabischlehrer? Hast du keine Angst?«

»Ich habe keine Angst vor guten Menschen«, antwortete er.

Sein Lächeln gab mir Sicherheit. Er und ich, wir hatten einen geheimen Weg, ein verlassenes arabisches Dorf, einen öden Pfad, einen kleinen Orangenhain. Ich sehnte mich danach, mich mit ihm zu treffen. Er erzählte von Sternen, von seinem Teleskop, von Meteoren und von dem Raumschiff Ulysses, das sich mit einer Geschwindigkeit von Tausenden von Kilometern in der Minute auf das Sonnensystem zubewegt. Er sprach auch oft von den Arabern, die einmal hier gelebt hatten, und meinte, eines Tages würden sie vielleicht zurückkommen.

»Das ist nicht wahr«, widersprach ich.

»Doch«, sagte er und fügte hinzu, dass auch er vielleicht eines Tages nach Polen zurückkehren werde. Jeder liebe den Ort, an dem er geboren wurde.

»Dann bleibe ich für ewig hier«, antwortete ich.

Fast ein Jahr war vergangen, seit wir von der Schule nach Hause gegangen waren und er auf einmal wie selbstverständlich den Arm um meine Schulter gelegt hatte, und ich dachte, wir seien uns schon sehr nahe, fast ein Paar.

Ich konnte meine Neugier nicht zügeln, ich bat, ihn zu Hause besuchen zu dürfen. Noch am selben Tag stiegen wir die Treppen zu seiner Wohnung im zweiten Stock hinauf. Als die Tür aufging, setzte mein Herzschlag einen Moment aus. Ein Klavier füllte fast das ganze Wohnzimmer aus. Der aufgeklappte Deckel erschreckte mich. Ein solches Klavier hatte ich noch nie gesehen.

»Warum ist der Deckel aufgeklappt?«, fragte ich erstaunt.

»Damit du dich darunter verstecken kannst«, sagte er und lachte.

Ich schwieg. Emil stellte sich neben mich und erklärte mir, das sei ein Flügel.

Was für ein Dummkopf ich doch war. Ich schämte mich.

»Dieser Flügel ist eine Erinnerung an meine Großmutter, die Pianistin war«, sagte er. »Mein Großvater hat darauf bestanden, den Flügel von Polen mitzunehmen, es war, als handele es sich um den Geist und die Seele seiner Geliebten, die er mit uns nach Israel brachte.«

Ich bemerkte, dass seine Augen feucht wurden, seine Stimme wurde weich. Ich hatte das Gefühl, er war zugleich traurig und gequält, als er von den Menschen erzählte, die er liebte.

Noch nie hatte ich ihn so sprechen gehört.

Emil warf mir einen kurzen Blick zu und sprach sofort weiter: »Der Flügel ist Anfang des 18. Jahrhunderts gebaut worden, und sein Klang ist so reich wie der einer Orgel. Er umfasst sieben Oktaven.«

Ich stand neben ihm, verlegen, staunend beim Anblick der überquellenden Bücherregale, der Ölbilder an den Wänden und der Kristallschalen.

Eine solche Wohnung hatte ich noch nie gesehen.

Plötzlich kam aus einem der Zimmer ein alter Mann in einem Anzug und mit einer Kippa auf dem Kopf. Er lächelte uns freundlich an und wechselte mit Emil ein paar Worte auf Polnisch. Ich verstand, dass er Emil bat, uns etwas vorzuspielen.

Emil weigerte sich höflich und sagte auf Polnisch, dass wir Hunger hätten. Ich bekam eine Gänsehaut. Also sprach er auch Polnisch. Wieder war meine Welt auf den Kopf gestellt. Polnisch war die Sprache der Diaspora. Meine Freunde verstanden zwar Polnisch und Jiddisch oder Ungarisch, aber hier bei uns sprach man diese Sprachen nicht mit seinen Eltern, schon gar nicht in Anwesenheit von Freunden. Es war verblüffend.

»Das ist mein Großvater«, sagte Emil.

»Wirklich?«

»Großvater Schmu'el«, sagte der alte Mann lächelnd zu mir. Er lud uns in die Küche ein und servierte uns verschiedene Speisen, Reis, Schnitzel und Krautsalat.

Meine Knie wurden weich. Er hat einen lebenden Großvater, also ist seine Mutter bestimmt tot. Bei uns gibt es schließlich keine heilen Familien.

»Wo ist deine Mutter?« Ich konnte meine Neugier nicht bezwingen.

Emil sagte, seine Mutter sei in der Praxis.

»Was hat sie?«, wollte ich wissen.

»Sie ist nicht krank, sie ist Ärztin«, sagte er.

»Ärztin?«

Wann hatte sie Medizin studiert? War sie etwa nicht in Auschwitz gewesen?

»Sie ist Gynäkologin«, sagte er und fragte, ob ich ihre Praxis sehen wolle, sie befinde sich hier im Haus, am Ende des Flurs.

Vor lauter Angst vor weiteren Dingen, die ich noch nie gesehen hatte, verneinte ich, obwohl ich es eigentlich wollte.

Zwischen Abbeißen und Kauen wagte ich eine weitere Frage: »Und wo ist dein Vater?«

Emil sagte, sein Vater sei Rechtsanwalt und kümmere sich um Wiedergutmachungsanträge, zurzeit sei er in Polen.

In Polen?

Meine Mutter verließ unser Viertel kaum.

Mir wurde schwindlig.

Seine Mutter ist Ärztin, sein Vater fliegt nach Polen, sein Großvater setzt Gästen etwas zu essen vor.

Ich dachte: Wenn er das Racheli oder Rina erzählt, werden sie ihm nicht glauben.

Ich war auf einem anderen Planeten gelandet. Und ich wusste nicht, wie man sich auf Emils Stern benahm.

Nach dem Kompott wollte ich gehen.

»Das Teleskop«, erinnerte Emil mich. »Kommst du heute Abend?«

Ich kam am Abend nicht wieder zu ihm, um die Sterne zu betrachten.

Am nächsten Morgen ignorierten wir einander.

Zehn Tage später starb sein Großvater.

Am Ende der Trauertage ging ich in der Pause zu ihm und drückte ihm mein Beileid aus.

Er fragte, ob er mich wieder begleiten dürfe.

Ich sagte Ja.

Februar 1968

Ich war froh, dass wir wieder zusammen den Umweg über das unbebaute Gelände nahmen. Wir gingen durch unser Dornenfeld, zertraten Brennnesseln und Wildblumen, trampelten mit unseren Füßen einen Pfad, und mit jedem Schritt schoben wir trockene Zweige zur Seite, um weitergehen zu können.

Bis eines Tages Planierraupen auf dem Hügel anrückten, sie zerstörten die Häuser und begannen, einen Spielplatz zu bauen. Aber wir gingen weiter dorthin.

»Ich sehne mich nach Schnee«, sagte er plötzlich an einem kalten Wintertag zu mir. Er beschrieb mir seinen dicken Mantel, die Stiefel und die Pelzmütze. Die Fußstapfen im weichen Schnee. Ich musste lachen. Er erzählte weiter, wie er einen Schneemann gebaut hatte, wie sie eine Chanukkia und einen Tannenbaum hatten, nur weil er schon immer Kerzen liebte. Wie er an Tagen, an denen es nur Minusgrade gab, mit der ganzen Familie am warmen Ofen saß.

Er war der Erste, der mir Dinge erzählte, von denen sonst niemand sprach.

»Aber dort haben sie Menschen verbrannt«, stieß ich leise aus, denn wir sprachen über etwas Verbotenes.

Emil reagierte nicht auf meinen Einwurf.

Er sagte, sein Großvater und seine Großmutter seien seine besten Freunde gewesen.

»Sie waren deine Freunde?«

»Meine Mutter wollte nicht, dass ich mit den polnischen Kindern spielte, und sie wollten auch nicht mit mir spielen. Wir waren die einzigen Juden, die nach dem Krieg in die Stadt zurückgekommen waren, und wir bereiteten die Auswanderung nach Israel vor. Mein Großvater hat mich Hebräisch gelehrt und meine Großmutter hat mir Klavierunterricht gegeben.«

»Aber was hast du den ganzen Tag gemacht?«

»Ich bin manchmal auf den Markt gegangen. Ich erinnere mich an die Blumenverkäuferin, eine sehr schöne Frau mit einem zarten Gesicht und einem Leberfleck neben der Nase, die immer lächelte, auch ohne Grund. Und dann war da noch Mariana, die bei uns putzte und immer meine Frikadellen geklaut hat.«

»Aber Kinder?«

»Ich hatte nur erwachsene Freunde.«

»Wirklich?« Ich bedauerte ihn.

»Eine Blume, die im Gewächshaus wächst, sehnt sich nicht nach Geschwistern.«

Ich verstand ihn nicht.

Er sagte, er habe die Leute dort geliebt.

»Wen kann man dort schon lieben? Dort gibt es doch nur Nazis und Diasporajuden«, brach es aus mir heraus.

Aber Emil beharrte darauf, dass er in Lodz ein besseres Leben gehabt habe.

Bis zum Ende des Schuljahres gingen wir sechs Tage in der Woche zwanzig Minuten den Sandweg entlang und bahnten uns einen Weg, und Emil fuhr fort, mich mit seinen Geschichten zu faszinieren. Jeden Tag eine Geschichte. So hörte ich von seinem Vater, der gegen die Nazis gekämpft hatte, von seiner Mutter, der Ärztin, die seinen Vater rettete, nachdem er von einer deutschen Kugel getroffen worden war, von dem polnischen Dienstmädchen, das seine Eltern so gern hatte, dass es mit ihnen nach Israel auswandern wollte, aber weil sie keine Jüdin war, hatte man es ihr nicht erlaubt. Er erzählte, dass sein Großvater ihm jeden Abend einen Witz oder eine lustige Geschichte erzählt hatte, damit er mit einem Lächeln auf den Lippen einschlief.

Tag für Tag verschwanden wir auf unserem geheimen Weg, Hand in Hand, und mit verstohlenen Küssen. Ich war süchtig nach dieser verzauberten Zeit zwischen Unterrichtsschluss und dem Öffnen unserer Haustür. Ich hatte nur Angst davor, dass er mich eines Tages bei mir zu Hause besuchen wollen würde. Ich würde es ablehnen müssen, denn bei uns gab es kein Klavier, es gab keine Ölbilder an den Wänden, und meine Mutter würde mit ihm über Auschwitz reden, über Polen.

Aber er lud mich nie mehr ins Kino ein, und ich besuchte ihn auch nie mehr zu Hause.

März 1968

Wir trafen uns an der Tür zur Schulbibliothek.

»Das ist ein Buch über die Widerstandsbewegungen in Israel«, sagte Emil. »Unsere Lehrerin hat mich beauftragt, dieses Buch zusammenzufassen, damit ich verstehe, dass wir um dieses Land gekämpft haben«, sagte er spöttisch.

Das Klingeln unterbrach das Gespräch.

Wir liefen zu unserem Klassenzimmer.

Emil begann, die Melodie eines Lieds der israelischen Befreiungsarmee zu summen, das in einem unserer Schulbücher stand.

Unbekannte Soldaten sind wir, ohne Uniform,
und um uns herum Angst und Tod.
Wir sind lebenslänglich mobilisiert.

Ich lief schneller.

Aus der Pflicht befreit uns nur der Tod. Er geht mir nach.
Wenn wir in den Straßen, in den Häusern fallen,
wird man uns in der Nacht still begraben.
Uns ersetzen Tausende andere,
um zu kämpfen und das Ziel zu erreichen.

»Am Schluss wirst nur du es wissen«, flüsterte Racheli, als ich die Klasse betrat.

Ich schaute sie an. »Was werde ich wissen?«

»Ich habe euch gesehen, er hat dir eine Serenade vorgesungen«, spottete sie.

»Aber was werde ich wissen?«

»Ob Emil beschnitten ist.«

*

Jemand verlässt den Vortragssaal, die Tür bleibt sperrangelweit offen. Mohammeds Worte dringen bis in den Speisesaal. »Viele von denen, die man erst als Terroristen bezeichnete, bekamen später den Nobelpreis – Mandela – Begin. Das Gebot ›Du sollst nicht töten‹ ist in vielen Fällen das Motto der Herrschenden, die die Macht in den Händen halten, und die, welche gehorchen sollen, sind oft die Opfer. Aber ich möchte betonen, dass Töten und überhaupt jede Grausamkeit nie berechtigt sind. Die Entscheidung zu töten, bringt weiteres Töten hervor. Der Kreislauf der Gewalt. Dr. Emil Katz, der heute hier hätte sprechen sollen, hat einmal gesagt, dass Tod und Töten immer ein Verlust für das Individuum und seine Umgebung sind, und letztlich auch für den Kampf. Das Töten eines Menschen weckt Wut, und Wut treibt den Kreislauf der Gewalt immer aufs Neue an.«

Mir wird heiß.

Er ist es also wirklich, Emil Katz.

Ich will genau hören, was Mohammed sagt, aber derjenige, der den Saal verlassen hatte, kehrt jetzt zurück, und die Tür wird wieder geschlossen.

Vom Flur her sind Schritte zu hören.

»Schalom«, höre ich eine unbekannte Stimme sagen.

Ich drehe den Kopf und öffne die Augen.

Ein kräftiger, muskulöser Mann in Jeans und T-Shirt schaut mich an.

Sein Gesicht ist das eines Jugendlichen, als hätte man Kopf und Rumpf nachträglich zusammengefügt.

Er streckt mir die Hand entgegen. »Ich bin Jamil.«

Dann geht er in die Kaffeenische, fragt, ob ich auch eine Tasse wolle, mit wie viel Zucker.

Ich schaue zu, wie er Wasser aus dem Kocher gießt und den Kaffee einrührt. Seine Bewegungen sind langsam, kräftig, sicher.

Für welchen Anschlag war dieser Mann verantwortlich?, höre ich meine alte Stimme insgeheim fragen, aber zum ersten Mal bleiben meine üblichen Assoziationen aus.

Was war los mit meinem Radar?

Ein paar freundliche Augen, ein sanftes, etwas teddybärhaftes Gesicht, und schon setzt er aus?

Jamil kommt herüber, stellt die beiden Tassen Kaffee auf den Tisch und setzt sich auf den Platz mir gegenüber.

»Wir können sprechen«, sagt er.

Ich frage ihn, ob ich unser Gespräch aufnehmen dürfe.

Er lächelt. »Ich habe schon nichts mehr zu fürchten.«

»Jetzt kannst du anfangen«, sage ich, nachdem ich das Handy zwischen uns auf den Tisch gelegt habe.

»Also, ich bin Jamil.« Er rutscht auf dem Stuhl herum wie ein Schüler, ein braver Junge in der ersten Klasse. »Ich stamme aus dem Flüchtlingslager Dheisheh, nicht weit von hier, am Rand von Bait Dschala, aber das ist nicht der Ort, an dem meine Lebensgeschichte beginnt.«

»Sondern wo?«, frage ich.

»Bei meinem Großvater, er wurde in Al Qubaya geboren«, antwortet er.

»Diesen Namen habe ich noch nie gehört«, bekenne ich.

»Heute ist es das Dorf Lakisch. Wenn es dir recht ist, fange ich mit meiner Familiengeschichte im Jahr 1948 an, dem Jahr, in dem sie von dort vertrieben wurde.«

Ich nicke.

»Meine Mutter ist damals noch ein kleines Mädchen, gerade mal fünf Jahre alt. Sie schleppt ihren Teddy und ihre Decke mit. Sie geht mit ihrer Mutter und ihren Brüdern und mit allen Dorfbewohnern in einer Reihe, nach Anweisung eurer Soldaten. Plötzlich hört sie, dass sie von jemandem gerufen wird. Sie dreht sich um und sieht ihren Vater, meinen Großvater, der ihr winkt. Sie möchte zu ihm laufen, aber ihr Bruder erklärt ihr, dass ihr Vater dableibt, um auf die Häuser aufzupassen, denn in ein paar Tagen würden sie zurückkommen. Doch meine Mutter hört nicht auf ihn, sie versucht, aus der Reihe auszuscheren und zu ihrem Vater zu laufen. Auch er kommt auf sie zu. Einer eurer Soldaten schießt auf ihn. Mein Großvater fällt zu Boden. Der große Bruder zieht meine Mutter zurück in die Reihe und sie gehen weiter.«

Es war Krieg. Und im Krieg hat man keine Wahl.

»Jedenfalls werden wir nie wissen, was er gewollt hat. Meiner Mutter hat man gesagt, dass ihr Vater ihr noch einen Kuss geben wollte. Sie erinnert sich, dass sie nach ein paar Tagen einen Ort erreichten, den man heute Gusch Ezion nennt. Ein ödes Gebiet, auf dem nichts wuchs. Dort schlugen sie ihre Zelte auf, bauten Häuser und bearbeiteten den Boden. Mein Onkel, ihr ältester Bruder, kehrte von Zeit zu Zeit nach Al Qubaya zurück und schaute nach, ob es eine Möglichkeit gab, zurückzukehren.«

Biblische Assoziationen gehen mir durch den Kopf. *Nach vierzig Tagen tat Noah das Fenster auf an dem Kasten, den er gemacht hatte, und ließ einen Raben ausfliegen, der flog immer hin und her und wieder her, bis das Gewässer vertrocknete auf Erden. Darnach ließ er eine Taube von sich ausfliegen, auf dass er erführe, ob das Gewässer gefallen wäre auf Erden.*

»Bei einem dieser Besuche wurde er ins Bein geschossen, und schließlich musste man ihm das Bein amputieren. Nun verstanden alle, dass sie keine Chance auf Rückkehr hatten. Damals war meine Mutter siebzehn, sie heiratete meinen Vater. Sie hat mir erzählt, er sei ein guter Mann gewesen. Sie bekamen ein kleines Haus und ein Stück Boden. Sie brachte vier Kinder zur Welt und alle lebten dort bis 1967, bis zum Ausbruch des Krieges, als sie erneut von euren Soldaten vertrieben wurden. Wieder nahmen sie ihre Kinder, packten ihre Bündel und flüchteten, diesmal nach Jordanien.«

Während er spricht, zieht er zwei Päckchen Halva aus der Tasche.

»Ich habe ganz vergessen, ich habe dir hausgemachte Halva mitgebracht.«

»Danke«, sage ich überrascht. Die Halva fasse ich nicht an.

Auch Jamil versteht, dass seine Geschichte wichtiger ist, er legt die Halva auf den Tisch und fährt fort:

»Meine Mutter sagt, damals habe der Albtraum erst angefangen. Sie kamen in ein Flüchtlingslager, ohne fließendes Wasser und ohne Strom. Sie steckten wie Gegenstände fest, zwischen Israel, das sie vertrieben hatte, und Jordanien, das sie nicht haben wollte. Anfang der Siebzigerjahre begannen die palästinensischen Aufstände in Jordanien. Es gab damals zwei Möglichkeiten – die PLO oder die Volksfront. Meine Mutter war Kommunistin, sie überzeugte ihre Familie, sodass alle sich der Volksfront zur Befreiung Palästinas anschlossen.« Plötzlich ist seine Stimme sehr klar. »George Habasch, den kennst du doch bestimmt.«

Ich kannte ihn nicht, aber ich erinnere mich. Die PFLP, das waren jene, die das Massaker am Flughafen Lod begangen hatten. Das ist zu viel für mich. Ich erinnere mich nicht an die einzelnen Attentate dieser schrecklichen Organisation, aber der Name George Habasch löst Entsetzen in mir aus.

»Meine Mutter hat erzählt, sie hätten etwas unternehmen müssen, um sich und uns zu schützen. Damals wurden sie von allen Seiten angegriffen. Die israelische Armee beschoss sie vom Westen, die Jordanier vom Osten«, fügte er wie entschuldigend hinzu. »In den Tagen des schwarzen Septembers, als König Hussein loszog, um sie zu töten, trieb sie sich nachts allein herum, so wie sie war, im Nachthemd, sie schlich geräuschlos durch die Straßen des Lagers und drehte die Leichen um, um zu sehen, ob Verwandte umgekommen waren. Sie wollte sie zumindest beerdigen, jeden Morgen grub sie einen ein, den sie kannte.«

Ich brauche dringend etwas Süßes, aber die Verpackung der Halva raschelt so laut wie Bonbonpapier im Kino. Das ist nicht der richtige Moment. Nicht jetzt. Jetzt muss ich zuhören.

Die Tür des Vortragssaals geht wieder auf. Suliman kommt zu uns, lächelnd. Jemand kommt mir zu Hilfe.

»Ich muss unbedingt eine rauchen, ich bin nicht dazu geschaffen, stundenlang auf dem Hintern zu sitzen«, klagt Suliman. »Was, kenne ich Mohammed etwa nicht? Muss ich ihm jetzt eine Stunde lang zuhören?«

Gesegnet seist du, dass du gekommen bist, denke ich. Ich brauche ebenfalls eine Pause.

»Großartig.« Er wendet sich an Jamil. »Hast du mir Halva mitgebracht?«

»Nimm von meinem«, schlage ich vor.

»Aber nicht doch, was denkst du dir?« Suliman lehnt das Angebot lächelnd ab, und Jamil zieht ein weiteres eingewickeltes Päckchen hervor.

»Für meine Freundinnen.« Suliman schwenkt das Päckchen durch die Luft. »So. Und jetzt störe ich euch nicht weiter.« Er drückt das Halvapäckchen an sich und geht hinaus, um auf dem Hof zu rauchen. Jamil stützt den Kopf in die Hände und bewegt ihn hin und her, als drücke er wortlos seine Meinung aus, über das, was sich hier gerade abgespielt hat.

Wir brechen beide in Lachen aus.

Suliman, dieser wilde, ungehemmte Jungspund von zweiundvierzig Jahren mit seiner Halva, er verkörpert die Hoffnung. Ein Gedanke kommt mir. Sein kurzer Auftritt hat mir genug Energie geschenkt, um Jamil weiter zuzuhören.

»Sollen wir weitermachen?«, frage ich.

»Also los, machen wir weiter.« Auch Jamil ist ruhiger geworden.

»Meine Mutter hat mir erzählt, dass sie Jordanien 1973, als ich zwei Jahre alt war, verließen und unter dem Schutz der UNRA die Grenze überquerten, um sich wieder im Flüchtlingslager Dheisheh niederzulassen. Damals waren wir schon sieben Kinder, ich war das fünfte. In Dheisheh bekam unsere Familie eine Wohnung zugewiesen, ein Zimmer mit Balkon, dort sind noch einmal zwei Kinder geboren. Im selben Jahr entschieden sich zwei meiner Onkel, in den Libanon zu gehen, sie zogen in das Lager Sabra. Sie hatten, wie meine Mutter sagte, geglaubt, dass sie in Dheisheh ein besseres Leben hätten, doch so war es nicht, mein Vater musste sich Arbeit in einem der arabischen Länder suchen. Ich kann mich kaum erinnern, dass ich ihn als Kind gesehen habe, ich weiß nur, dass man mir erzählt hat, er suche eine Arbeit in Marokko, in Jordanien, im Irak, und dass ganz selten mal Postkarten nach Dheisheh kamen. In meiner Erinnerung war meine Mutter immer bei mir. Meine Mutter übernahm die Verantwortung für unser Leben, und um etwas zu verdienen, lernte sie Sticken. Ich sehe sie jetzt noch vor mir, wie sie nächtelang stickte, mit zusammengekniffenen Augen, aber mit Nadel und Faden in der Hand. Man nannte sie ›die Stickerin von Dheisheh‹. Sie verkaufte Blusen und bestickte Tischdecken, sie bestickte Wäsche für Aussteuern. Das Leben in Dheisheh war wirklich schwer, der Ort ist ein einziges großes, überfülltes Gefängnis. Damals schlossen sich meine älteren Brüder, die sich für eine Veränderung einsetzten, den Kämpfern für ein eigenes Land an, und auch sie wählten die Volksfront.«

Als er »die Volksfront« sagt, senkt er wieder die Stimme. »Und seit damals kommen eure Soldaten regelmäßig zu uns, und meine Brüder verbringen einen beträchtlichen Teil ihres Lebens im Gefängnis. Ich war damals noch ein Kind, ein braves Kind, ich prügelte mich nicht, ich war ein Kind, das seiner Mutter half, und ich dachte, so leben alle anderen auch, so ist das Leben auf der ganzen Welt. Aber 1982, nach dem Massaker in Sabra und Schatila, begriff ich das Leben neu. Es geschah, als ich meinen Onkel sah, den ältesten Bruder meiner Mutter. Ich sah ihn im libanesischen Fernsehen. Er stand zwischen den Leichen und schrie: ›Massaker! Massaker!‹ Ein paar Tage danach wurde an unsere Tür in Dheisheh geklopft. Ich machte auf, und da stand jemand und erzählte mir, der zweite Bruder meiner Mutter habe versucht, aus dem Libanon zu fliehen, sei aber bei einer Sprengung der israelischen Armee am Flughafen von Beirut umgekommen. Meine Mutter hörte ihn aus der Küche. Ich erinnere mich noch an ihr Weinen und an das Gefühl, dass ich sie verlor. Ich blieb an der Tür stehen, ich konnte mich nicht rühren. Ich hatte nicht gewusst, dass ein Kind so zittern kann. Vor lauter Zittern konnte ich mich nicht auf den Beinen halten.«

Soll ich ihn in den Arm nehmen?

So weit sind wir noch nicht.

»Ich war elf, als ich Mordlust gegen euch entwickelte. Umso mehr, als ihr damals eine militärische Straßensperre direkt vor unseren Augen errichtet habt. Unser Haus stand am Rand des Lagers, wir waren quasi der Hinterhof der Sperre. Den ganzen Tag sahen wir eure Soldaten, und damit wir nicht ständig Angst hatten, hat meine Mutter die Rollläden geschlossen, die Zimmer bei uns wurden nur durch ein schwaches Neonlicht erhellt. Damals fingen in Dheisheh die Solidaritätsdemonstrationen mit den Getöteten von Sabra und Schatila an. Die Kinder von Dheisheh standen auf den Hügeln, warfen Steine auf alles, was israelisch war, und träumten davon, im Krieg zu sterben. Meine Brüder waren die Ersten, die erwischt und für lange Zeit eingesperrt wurden. Und so kam es, dass ich, obwohl ich das fünfte Kind meiner Mutter war, zu ihrem ältesten wurde. Ich habe dir ja gesagt, ich war elf, und weil ich keine Wahl hatte, half ich ihr, den Lebensunterhalt zu verdienen. Jeden Tag, auf dem Weg zur Arbeit in die Schlosserei, bereitete ich einen Steinhaufen vor. Ich warf keine Steine, ich sammelte sie nur. Manchmal wurde ich abends festgenommen und morgens wieder freigelassen.«

Er wirft mir aus dem Augenwinkel einen Blick zu, um meine Reaktion zu prüfen.

Mir scheint, er fühlt sich unwohl.

Wie soll er sich wohlfühlen, wenn er so etwas erzählt.

Und du?, denke ich. Passiert es dir wieder? Findest du ihn tatsächlich auch sympathisch?

Er hat deine Freunde nicht persönlich getötet, er ist nicht derjenige, der Rinas Avi in die Luft gesprengt hat. Es war in den Siebzigerjahren, er war damals noch ein Kind.

»Zwei Jahre später, als ich dreizehn war, wurde Nazer geboren, mein jüngster Bruder …«, sagt er.

In diesem Moment kommt Suliman von seiner Zigarettenpause zurück und geht an uns vorbei. Für einen Moment bleibt er stehen, wendet sich zu mir und fragt: »Sag, wer ist ihm gerade gestorben?«, und ohne auf eine Antwort zu warten, sagt er zu Jamil: »Sag Nadja, es gibt keine bessere Halva als ihre. Ich habe schon das halbe Päckchen vertilgt.«

»Danke.« Jamil lächelt und fügt hinzu: »In der Geschichte ist gerade mein Bruder geboren worden.«

»Wer? Nazer?«, fragt Suliman und bittet: »Hab Mitleid mit ihr, echt, du und deine Geschichten.« Er lächelt breit. »*Jallah*, ich mach mich davon. Gleich ist Mohammeds Vortrag zu Ende, ich gehe rein, zum Klatschen.« Er eilt zum Saal.

Jamil nimmt seine Geschichte wieder auf.

»Damals ist, wie gesagt, mein Bruder auf die Welt gekommen, und meine Mutter bat mich, mit ihr zusammen meine Brüder im Gefängnis zu besuchen, sie wollte, dass sie das neue Baby kennenlernen. Ich erinnere mich, dass der Soldat von der Sicherheitskontrolle meinen kleinen Bruder, der gerade mal vier Tage alt war, schüttelte, als wäre er ein Putzlappen, und fragte, ob der Kleine eine tickende Zeitbombe wäre. Meine Mutter schaute ihm in die Augen und sagte, dass seine Brüder sich in den Zellen 17 und 18 befänden und der Junge da in die Zelle 19 käme. Ich weiß nicht, was genau geschah, der Soldat versetzte ihr einen Stoß, sie strauchelte, aber ich war zur Stelle und fing sie auf, bevor sie zu Boden stürzte. Wir hatten eine ganz besondere Beziehung zueinander.« Seine Stimme zittert.

Mich schaudert.

»Danach ging ich jeden Tag den Hügel hinauf und warf Steine auf alles, was israelisch war. Man sagte über mich, ich hätte alle Steine von Dheisheh geworfen.«

»Erzähl mir, was genau hast du getan?«

»Ich war sehr grausam«, antwortet er und starrt in die Mitte des Tisches.

Was heißt das, grausam?

Wie viele Soldaten hast du umgebracht?

Wie viele Menschen verwundet?

Das frage ich mich, wage aber nicht, die Fragen laut zu stellen.

»Zu jener Zeit hörte ich nicht auf das Flehen meiner Mutter, die mir immer wieder erklärte, sie wolle keinesfalls, dass ich in der Zelle 19 landete, selbst wenn es nur wegen Beleidigung geschähe.

Er schweigt, und einen Moment lang kommt es mir vor, als hätte er aufgehört zu atmen.

»Genau genommen habt ihr mich nie beim Steinewerfen erwischt, aber ihr wusstet, dass ich da war. Und so geschah es, dass ich achtzehn Tage im Gefängnis verbrachte, dann war ich wieder ein paar Tage draußen und wieder achtzehn Tage in etwas, was Untersuchungshaft genannt wurde. Ich schwieg immer. Auch als sie mir die Augen verbunden haben, schwieg ich. Auch als sie mich angepinkelt haben, schwieg ich. Sie traten mich, ich rollte über den Flur, bis ich an die Wand knallte, und schwieg. Man ließ mich achtzehn Stunden mit verbundenen Augen dastehen – ich schwieg.«

Er spricht, du hörst zu, denke ich, verhalte dich so, als wärst du in sein Inneres, in seine Empfindungen eingedrungen. Ich erinnere mich, dass ich hier die Schriftstellerin war.

»So sah mein Leben aus, bis ich sechzehn wurde. Dann kam ich wieder in Untersuchungshaft, aber diesmal hat man mich vor dem Ende der achtzehn Tage plötzlich gerufen, ich dachte, ich würde aus irgendeinem Grund vorzeitig freigelassen, sie gaben mir meinen Ausweis zurück, aber dann sagten sie, ›wir haben einen Transport für dich bestellt‹, und ich wurde, da ich volljährig war, in eine Administrativhaft gebracht. Das war zur Zeit der Ersten Intifada. Ungefähr zwölftausend Männer waren bei euch eingesperrt. Ich gehörte zu den Auserwählten. Ich schätzte sie. Ich war sechs Monate mit ihnen zusammen, so hatte es der Richter bestimmt, und danach kehrte ich nach Dheisheh zurück und entdeckte, dass ihr die Mauern erhöht und weitere Sperren errichtet hattet, neun Meter hoch, ihr hattet das Lager geschlossen und eine Ausgangssperre von fünf Uhr nachmittags bis fünf Uhr morgens verordnet. An dem Tag, als ich zurückkam, war einer unserer Aktivisten von einer verirrten Kugel getötet worden. Nach der Beerdigung kam es zu Demonstrationen. Um fünf Uhr nachmittags, bevor es dunkel wurde, mussten sich alle zu Hause aufhalten. Mein Bruder Nazer war auf dem Heimweg. Er sah Soldaten und erschrak, er war ein Kind, fing an zu rennen. Auch die Soldaten erschraken, sie schossen ein Dumdumgeschoss auf ihn ab.

Weißt du, was ein Dumdum ist? Das Geschoss traf ihn zwischen Schulter und Herz und platzte in seinem Körper. Er war mein kleiner Bruder, der Junge, der nie ins Gefängnis kam, und wenn er am Leben geblieben wäre, das kannst du mir glauben, wäre er das Kind meiner Mutter gewesen, er wäre nicht in der Zelle 19 gelandet, meine Mutter hätte auf ihn aufgepasst.« Er schaut mich an, seine Augen sind trocken, erloschen.

»Und ich, wie sollte ich meiner Mutter sagen, dass der kleine Nazer tot war, dass er von einer Kugel tödlich getroffen worden war? Wie kann ein junger Mann seiner Mutter so etwas mitteilen?«

Ich weiche seinem Blick aus, betrachte durch das Fenster die hügelige Landschaft. Ich wünsche mir, dass ein Sturm kommt, Donner und Blitze. Ich sehne mich nach einem Unwetter, damit ich seine Worte nicht mehr hören muss. Aber draußen scheint die Sonne. Nur wir beide sind hier in diesem Speisesaal, alle anderen hatten sich im Vortragssaal versammelt. Es gibt keinen Ausweg, denke ich. Du musst ihm zuhören, du musst dir anhören, wie er das Leiden seines Bruders beschreibt, der zu Boden stürzte und aufhörte zu atmen.

»Und es gab keinen anderen, nur mich. Eingesperrt im Lager, war ich derjenige, der meiner Mutter sagen musste, dass Nazer tot war.« Seine Stimme bricht. Aber er fasst sich, beherrscht seine Stimmbänder, fährt fort zu sprechen. Als habe er einen Auftrag bekommen, den er unter allen Umständen bis zu Ende ausführen musste.

»Ich erinnere mich, dass an einem der Trauertage ein junger Israeli zu uns kam, um uns sein Beileid auszudrücken.

Ich musste mich beherrschen, ihn nicht umzubringen – für mich waren Juden Sicherheitsbeamte, Siedler und Soldaten. Aber ich wies ihn aus dem Haus. Am Ende trafen wir uns bei den Friedenskämpfern wieder. Ich habe gehofft, ihn heute hier zu sehen, aber ich habe gehört, er sei krank geworden.«

Wieder Emil. Es passt zu ihm, in Dheisheh einen Kondolenzbesuch abzustatten.

»Am Ende der Trauertage sagte ich zu meiner Mutter, dass ich Juden umbringen würde. Sie hielt mich fest und sagte: ›Ich habe mein Baby verloren, ich will nicht auch dich noch verlieren.‹«

Jetzt kann ich nicht anders. Ich packe die Halva aus.

»Schmeckt sie dir?«, fragt er.

»Großartig.«

Er lächelt verlegen, er freut sich.

Wenn ich mutig gewesen wäre, hätte ich ihn in diesem Moment umarmt.

»Nach der Ermordung meines Bruders wurde unser Leben immer trauriger. Ich hatte das Lächeln meiner Mutter für immer verloren. Kurze Zeit danach starb mein Vater. Ich hatte noch nicht einmal die Hauptschule beendet, ich war Mitglied einer militärischen Fraktion der Fatah. Ich kannte kein anderes Leben – meine ganze Familie, meine Freunde, sogar meine Frau lernte ich dort kennen. Damals wurde die Situation meiner Familie immer schlechter, ich musste unbedingt arbeiten. Ich suchte eine Arbeit in den besetzten Gebieten, fand aber keine. Am Schluss war ich gezwungen, in Israel zu arbeiten. Es fiel mir nicht leicht, diejenigen um Arbeit zu bitten, die meinen Bruder getötet hatten, aber ich hatte keine Wahl. Ich ging nach Westjerusalem und fand dort einen Job als Bauarbeiter. Ich erzählte meinem Chef nicht, wer ich war, aber eines Tages kam er zu mir und sagte, er wolle meine Geschichte hören. Ich war sicher, dass er mich entlassen oder vielleicht an die Behörden verraten würde, schließlich hatte ich keine Arbeitserlaubnis. Aber während ich sprach, sah ich, dass der Mann anfing zu weinen. Dann entschuldigte er sich bei mir für das, was meiner Familie widerfahren war, und er erzählte, wie er seine Familie in Europa verloren hatte, und da wollte ich ebenfalls weinen, aber ich genierte mich. Am Schluss bat er mich, weiter bei ihm zu arbeiten.

An jenem Tag kam ich bedrückt nach Hause und erzählte

meiner Mutter von dem seltsamen Gespräch, das ich mit meinem Chef geführt hatte. Und sie sagte: ›Jamil, zeig mir deine Hände.‹ Ich legte die Hände auf den Tisch. ›Schau deine Finger an‹, sagte sie zu mir.«

Er legt seine Hände auf den Tisch, spreizt die Finger. Sie haben Schwielen und Kratzer, sie beweisen, dass er mit den Händen arbeitet.

»›Stimmt's, dass sie nicht gleich sind?‹, hat sie zu mir gesagt, und ich denke, was hat sie bloß. Ich betrachte meine Finger, und sie fährt fort: ›So sind die Menschen – es gibt gute und schlechte, es gibt großzügige und geizige, grausame und sanfte, der eine ist groß, der andere klein gewachsen, der eine dick, der andere dünn.‹ Und sie lächelt! ›Sowohl bei ihnen als auch bei uns sind die Menschen verschieden. Hände und Finger, das sollst du nie vergessen.‹ Sie streichelt meine Hände.«

Er ballt die Hände zu Fäusten, sodass die Knöchel weiß hervortreten.

»Dann fingen die Anschläge an. Ich erinnere mich an den Anschlag auf die Linie 18. Auch Kinder sind umgekommen, und meine Mutter saß zu Hause vor dem Fernseher und weinte. Sie sagte zu mir: ›Jamil, tu etwas für mich.‹ Sie bat mich, dafür zu sorgen, dass keine Mutter mehr so trauern musste wie sie. Aber was konnte ich tun, damit Mütter nicht mehr trauerten? Das fragte ich mich.

Dann sah ich, dass sie langsam verlosch, sie aß nicht, sie traf sich nicht mit Verwandten, hatte keine Freundinnen, keine Freunde, und nur wenn eure Soldaten Kinder erwischten, die Steine geworfen haben, wurde sie wieder aktiv, sie griff sie an und befreite die Kinder aus ihren Händen. Ein paar Mal kam sie sogar in Haft.

Und ich fand nachts keine Ruhe, ich konnte nicht einschlafen, ich hatte Angst, sie würde vor Schmerz verrückt werden. Bis ich eines Tages einem Freund, der ebenfalls einen Bruder verloren hatte, erzählte, dass meine Mutter sich nicht erholte, und er bekannte, dass er zum Forum der hinterbliebenen Familien gehöre. Er sagte, das seien Familien von beiden Seiten, die ein Familienmitglied verloren hatten, dort weine man gemeinsam und suche nach Lösungen ohne Blutvergießen. Noch am selben Tag ging ich zu einem Treffen dieser Gruppe. Dort hatte ich das Gefühl, auch meine Mutter hinbringen zu müssen.«

Jamil spricht weiter, geht sachlich auf verschiedene Ereignisse ein, ohne Klagen, ohne Zorn, als wäre die Stärke seines Körpers und seiner Muskeln ein Schutzschild für seine Gefühle. Manchmal versagt seine Stimme, aber die meisten Worte kommen weicher aus seinem Mund, als man hätte erwarten können.

»Ich erzählte ihr davon, eigentlich stotterte ich, schließlich fällt es uns nicht leicht, mit euch zu weinen. Aber meine Mutter überraschte mich, sie zögerte nicht. Sie ging mit mir zu einem Treffen, und dort fing sie an, von ihrem Leben zu sprechen. Dort hörte sie auch eure Geschichten, sie erfuhr von der Schoah und bat darum, sie zu einem Besuch nach Yad Vashem mitzunehmen, aber unter der Bedingung, dass die anderen Mitglieder nach Al Qubaya kommen würden. Nicht zum Ausgleich, sondern um etwas zu erfahren, so sagte sie. In Al Qubaya verblüffte sie alle. Obwohl sie damals noch ein Kind gewesen war, erinnerte sie sich sehr detailliert: an die Zisternen, die zubetoniert waren, an die Gräber, die verschwunden waren, an das Haus, das man ihnen zerstört hatte. Dort sprach sie über ihren

Vater und über das Leben, das sie vor dem Krieg geführt hatten, und sie brachte damit alle zum Weinen.

Als wir von dort zurückkamen, beschlossen wir, einen Workshop zu veranstalten, um zu lernen, den Geschichten der anderen zuzuhören. Meine Mutter gehörte zu jenen, die es uns beibrachten. Damals ließ sie mich schwören, dass ich niemals kämpfen würde, für keine Macht der Welt. Sie bat mich, mein eigener Gott zu sein, mein eigener General und mein eigener Ministerpräsident, ich solle selbst entscheiden, wofür ich zu sterben bereit wäre, falls überhaupt. Sie brachte mir bei, dass Hass eine Krankheit ist, denn wenn ich zornig sei, sagte sie, könne ich auch etwas Gutes tun. Sie ermutigte mich, mich für eine bessere Zukunft einzusetzen, und ihretwegen bin ich bei den Friedenskämpfern.«

Mit dem Halvageschmack im Mund und mit den Worten von Jamils Mutter scheint es mir, als bestehe wirklich die Möglichkeit, dass einmal alles gut würde.

»Zwei Jahre später wurde sie krank, es war das Herz. In unseren Krankenhäusern strengte man sich an, aber es war eine differenziertere Behandlung nötig, und ich, der ich schon bei den Friedenskämpfern aktiv war und eine Genehmigung hatte, von Dheisheh nach Jerusalem zu fahren, versuchte, auch für sie eine Genehmigung zu bekommen. Ich bat darum, sie in eine bessere Klinik zu verlegen, und als ich diese Genehmigung nicht bekam, nahm ich einen unserer Krankenwagen und umfuhr die Sperre. Ungefähr hundert Meter vor der Klinik, auf einem unbefestigten Weg, wurden wir von der Armee entdeckt. Ich legte meine Mutter im Freien auf eine Trage, stellte mich vor die Soldaten und flehte um ihr Leben. Ich sagte, ich hätte meinen Bruder sterben sehen, meinen Vater, und ich hätte meine Freunde sterben sehen, ich sagte, ich hätte geschworen, meine Mutter zu retten. Ich gab nicht auf, ich blieb hartnäckig, und am Schluss überzeugte ich den Soldaten, mich vorbeizulassen, aber leider hat sie diese Fahrt nicht überlebt. Ihre Atmung versagte, wir hatten keine passenden Geräte. Sie erstickte, auch sie starb in meinen Armen.«

Es ist schwer, mit einem Feind zu weinen, doch diesmal nicht.

Und er sagt mit weicher Stimme, seine Mutter habe immer gesagt, wer sich in einen Stein verwandle, würde zerbröckeln, doch wer weine, sei immer stark.

Ich sehe, auch ihm stehen Tränen in den Augen.

Nach kurzem Schweigen sagt er, er sei heute unfähig, mit der Waffe zu kämpfen, aber er sei auch unfähig, den Kampf aufzugeben.

»Wovon träumst du?«, frage ich.

»Ich möchte, dass mein Sohn seiner Mutter helfen kann, dass er sie, wenn es sein muss, auf dem Königsweg ins Krankenhaus fahren kann, ohne Straßensperren.«

Er steht auf. Er muss nach Dheisheh zurück. Das Zeitfenster, in dem er sich außerhalb des Lagers aufhalten darf, schließt sich bald.

Aufgewühlt verabschieden wir uns voneinander. Nun, da uns die Worte fehlen, ist die Zeit für eine Umarmung gekommen.

*

Wieder öffnet sich die Tür zum Vortragssaal. Der Vortrag ist zu Ende und Mohammed kommt zu mir. »Du musst weg, sonst wirst du noch in Palästina bleiben wollen«, sagt er und lacht, während er mir mit einer Handbewegung bedeutet, dass es Zeit sei. »Aber wir werden unsere Route ein bisschen ändern, wir werden über Dheisheh fahren«, fügt er grinsend hinzu.

Gesund soll er sein, er ist so voller Energie. Heute Morgen hat er sich so gefreut, dass ich überhaupt kam, jetzt reicht ihm Bait Dschala nicht aus, er plant, die Grenze meines Muts auszutesten.

Wortlos setze ich mich neben ihn ins Auto.

Bait Dschala, Jamil, Emil – und jetzt noch Dheisheh. Träume ich das alles?

Die Straße ist schmal, ein zweispuriger Weg schlängelt sich zwischen den Häusern hindurch, Wind pfeift durch die offenen Autofenster. »Alles ist hier nah, in Reichweite sozusagen«, sagt er. »Drei Minuten nach Dheisheh, drei Minuten zum Checkpoint, und schon ist man im Westen der Stadt.

»In drei Minuten kann man sterben«, erinnere ich ihn.

»Nicht mit mir«, bestimmt er. »Aber im schlimmsten Fall errichten wir ein Denkmal für dich.« Er lächelt und fordert mich auf, meinen Personalausweis bereitzuhalten, denn an der Ausfahrt von Dheisheh werde streng kontrolliert.

»Aber ich habe keinen.«

»Du machst Witze.«

»Nein.«

»Im Ernst?«

»Ja.«

Mohammed schlägt auf das Lenkrad. »Man wird mich beschuldigen, dich mit Gewalt ins Auto gezerrt zu haben, sie haben kriminelle Vorstellungen! Sie werden mich und dich sehen, und was werden sie denken? Er plant ein Attentat. Sie werden denken, ich hätte dir Drogen in den Kaffee getan und deinen Personalausweis gestohlen, um ein Attentat zu verüben.«

Er ist blass geworden.

Ich breche in Lachen aus.

»Was gibt es da zu lachen? Verstehst du es wirklich nicht?« Er reißt die Augen auf.

Mit quietschenden Bremsen bleibt er am Straßenrand stehen, macht aber den Motor nicht aus.

»Schau nach.«

Ich wühle in meiner Handtasche.

»Ich habe eine Visa-Karte und meinen Ausweis von der Krankenkasse.«

Er glaubt es nicht. »Bei Allah, sie ist bereit, Lösegeld zu bezahlen oder ins Krankenhaus zu gehen. Das hat man davon, wenn man eine … Tel Aviverin in die besetzten Gebiete bringt.« Das Wort »dumme« überspringt er. »Sie versteht nicht, dass es hier andere Regeln gibt.« Er spricht jetzt nur mit sich selbst. Am Ende der Straße taucht ein israelischer Polizeiwagen auf und nähert sich. Mohammed tritt aufs Gas, fährt im Halbkreis zurück, den Hang entlang, hält das Lenkrad fest umklammert. Ich beruhige mich etwas. Das Auto befindet sich auf der Rückfahrt nach Bait Dschala.

Der Einfallsreichtum eines Gesuchten.

Der Checkpoint von Bait Dschala liegt vor uns. Er fährt langsamer.

»Das ist eine *Light-Sperre*«, sagt Mohammed, aber die Anspannung ist ihm noch anzusehen, an seinem Blick, seinem Gesicht, seinem Hals. Seine Hände umklammern das Lenkrad.

Hier, in diesem Gebiet, hat jeder seine eigenen Schreckmomente. Diesmal war er dran mit der Angst.

»Wir werden die Soldaten anlächeln, wir werden uns auch gegenseitig anlächeln, und so Gott will, lassen sie uns passieren«, beruhigt er mich.

Natürlich werden wir lächeln, es sind schließlich meine Soldaten, sie passen auf mich auf.

Da sind sie, die Sperre, die Soldaten, die Waffen, die Kontrolle.

Wir lächeln, wir passieren die Sperre.

Nachdem ich mit einem israelischen Taxi von Bait Dschala nach Tel Aviv zurückgekehrt bin, finde ich eine E-Mail von der Koordinationsstelle vor. »Talitha Kumi ist Teil von Bait Dschala und gehört deshalb zum Bezirk A. Für einen gewünschten Besuch füllen Sie bitte die zugesandten Formulare aus.«

18. Januar 2015

Ein palästinensischer Terrorist drang in die Siedlung Tekoa ein. Der Terrorist wurde von einem bewaffneten, zufällig anwesenden Zivilisten erschossen.

Ich denke an Jamils Mutter.
Handflächen, Finger.

Februar 2015

Es hört nicht auf zu regnen. Ich steige rasch aus dem Taxi, das mich nach Jerusalem gebracht hat, und schüttele meinen Mantel wie ein Vogel sein Gefieder. Im Café erwartet Mohammed mich bereits. Wieder ist er vor mir da.

Das Heft mit seinen Gedichten liegt auf dem Tisch.

Wir haben einen Tisch am Fenster. Der Regen lässt nicht nach, ein stetes Rauschen im Hintergrund. Am Nachbartisch wird ein Geburtstag gefeiert. Mohammed möchte mir das erste Gedicht laut vorlesen.

»Ich hätte nie gedacht, dass ich eines Tages ein Gedicht vorlesen würde, noch dazu für jemanden wie dich«, sagt er lächelnd.

Verzeih.
Verzeih, meine Geliebte,
ich kann nicht weiter.

Ich kann nicht mehr zu dir kommen.
Es ist der Körper.
Es ist das Herz.
Verzeih, meine Liebste.
Ich bin erschöpft.
Mein Schwert ist zerbrochen.
Mein Schild in zwei Teile.
Der Pfeil drang hindurch.
Mein Herz ist getötet.
Ich kann dir kein Krieger mehr sein.
Nenne meinen Namen nicht.
Ich bin nicht mehr ich.
Es liegt nicht in meiner Hand.
Ich habe nicht betrogen.
Such dir einen anderen, der dich liebt, wie du es willst.
Empfange ihn gnädig.
Und von mir bekommst du als Geschenk die Düfte,
die wir zusammen gerochen haben,
das Gefühl der Reue, das mich erfüllt,
nimm auch die Zukunft, die wir uns erträumt hatten.
Verzeih, meine Geliebte,
verzeih.

Die Blicke der Geburtstag Feiernden am Nachbartisch sind auf uns gerichtet, ebenso wie die der Kellner.

Mohammed klappt das Heft zu.

Wir machen eine Pause, widmen uns der Pizza, die wir bestellt haben.

»Vielleicht wird es Schnee geben«, sagt Mohammed. Einen Moment lang scheint es, als würde er das europäische Wetter, das Jerusalem droht, als Ausflucht aus seiner Verlegenheit nutzen. Doch dann fährt er fort: »Es ist schon drei Jahre her, dass ich nach Deutschland geschickt wurde, um eine Jugendgruppe zu organisieren. Dort traf ich sie. Eine Schönheit, energisch, zehn Jahre jünger als ich, die davon träumte, in Israel zu leben.«

»Wen?«

»Michaela«, antwortet er mit einem sehnsüchtigen Blick.

»Ihr Großvater war Nazi, verstehst du, ihr Vater und ihre Mutter gehörten zu jenen, die die örtliche Synagoge putzten, das war ihre Form der Reue. Und sie träumte davon, einen Juden zu heiraten, sie wollte die Wiedergutmachung vervollständigen. Doch sie traf einen Araber. Und nicht nur einfach irgendeinen Araber, sondern einen Palästinenser, einen *Judenkiller*.«

Ich kann kaum atmen.

»Sie kam nach Jerusalem, um mit mir zusammen zu sein. Nachdem ihr klar wurde, wie die Dinge hier lagen, meinte sie, wir könnten nicht in Jerusalem bleiben. Sie sagte, sie könne nicht in Israel mit einem Feind der Juden leben. Ich reiste ihr hinterher nach Deutschland. Es war nicht einfach. Ihre Eltern mochten mich nicht, aber uns beide verband eine verrückte Liebe, wir glaubten, wir würden es schaffen …« Sein Blick ist gequält, es fällt ihm schwer weiterzusprechen.

Du musst etwas sagen, verordne ich mir. Er hat Juden getötet.

»Und deine Eltern?«, frage ich zögernd. »Wie haben sie reagiert?«

»Meine Mutter sagte: ›Wenn schon, würde ich eine Jüdin vorziehen, dann würdest du wenigstens in der Nähe bleiben.‹

Das Leben nimmt die seltsamsten Wendungen.«

Ich habe also nichts gesagt.

Mohammed lächelt. Doch das Lächeln verschwindet wieder.

»Ich musste eine andere Sonne suchen, einen anderen Himmel. Ich war bereit, Jerusalem zu verlassen, die Familie, die Friedenskämpfer, und anzufangen zu leben, nur zu leben. Aber eines Tages klopfte meine kleine Tochter an die Tür. Sofie wollte nicht auf mich verzichten. Damals hatte sie meine kleine Tochter in die Cafeteria der Universität gebracht, jetzt überraschte sie mich in Deutschland. Sie hatte meine Adresse herausbekommen, und so stand meine kleine Tochter plötzlich in der Tür und sagte, man würde ihren Geburtstag im Kindergarten feiern und ihre Kindergärtnerin habe gesagt, dass ihr Vater und ihre Mutter gemeinsam zu der Feier kommen müssten.«

Er schließt die Augen und schweigt, vielleicht wartet er darauf, dass die Bilder in seiner Vorstellung wieder verschwinden.

»Zum Glück war Michaela nicht zu Hause. Aber als Sofie und die Kleine wieder nach Israel zurückgeflogen waren, quälten mich Schuldgefühle. Mir war klar, dass Sofie ohne mich verloren war. Bei uns ist das kompliziert. Als geschiedene Frau müsste sie in das Dorf ihrer Eltern zurückkehren und bis an ihr Lebensende im Haus bleiben. Wie konnte ich ihr so etwas antun, nach allem, was ich ihr in diesen Jahren bereits angetan hatte? Ein paar Wochen später, nachdem ich alle Argumente hin und her gewendet hatte, packte ich meine Sachen und kehrte zurück, ohne Michaela ein Wort gesagt zu haben und obwohl ich ihr versprochen hatte, für immer mit ihr zusammenzubleiben.«

Ein gequältes Lächeln verzieht seinen Mund. »Auch jetzt weiß ich nicht, was schmerzlicher ist, die Kränkung meiner Familie oder der Verlust der Liebe meines Lebens. Ich habe keine Antwort darauf. Bis heute schaue ich in Gedanken manchmal meine Mutter an und stelle mir vor, dass sie sagt: ›Mein ältester Sohn soll sich schämen, dass er uns solche Schande bereitet hat.‹ Das macht mich ganz fertig. Ich weiß, dass ich so viele Menschen verletzt habe – Sofie, meine Töchter, meine Eltern, Michaela.« Er hebt den Blick zur Decke, als suche er den Himmel, um ihn um Verzeihung zu bitten.

Seine Finger spielen wieder mit dem Rand des Heftes. »Seit ich zurück bin, habe ich mich damit abgefunden, dass Sofie und ich unser Leben lang aneinander gebunden sind, ich werde mich nicht von ihr scheiden lassen, ich habe dir ja schon gesagt, vom Tag einer Scheidung an müsste sie in das Dorf ziehen, in dem sie geboren wurde, und dort würden ihre Brüder über ihr Leben bestimmen. Dort wird eine Frau mit drei Töchtern ins Haus verbannt. Aber hier, mit mir, in Ostjerusalem, sind diese Gesetze nicht bindend, wir können nach außen hin so tun, als wären wir ganz normal verheiratet. Hier in Ras al-Amud ist sie wenigstens frei.«

Er schaut mich verzweifelt an, die Haut unter seinen Wangenknochen zuckt. »Du kannst es nicht wirklich wissen, wie es sich anfühlt, in meiner Haut zu stecken. Weil man mir so viel von meinem Leben genommen hat, sind auch meine Empfindungen beschädigt. Ich habe das Gefühl, mein Herz ist aus Glas. Für dich hört sich das vielleicht seltsam an, als wäre ich verrückt, aber für mich … das ist mein Charakter geworden –

und ihr habt einen erheblichen Anteil daran.« Und leise, wie zu sich selbst, fügt er hinzu, *»your fucking sweet occupation«*. Einen Moment schweigt er, dann fragt er: »Hast du mich verstanden?«

»Ja«, sage ich. »Ich verstehe.«

»Suliman…«

Mohammed unterbricht mich. »Bei uns hat jeder seine eigene Besatzung. Für mich ist es in gewisser Weise eine *sweet occupation*. Und ich lache nicht. Denn als ich euch Juden traf, entdeckte ich, dass es mir guttat, mit euch zu sprechen, dass ihr mich akzeptiert. Die Juden bei den Friedenskämpfern, das sind die offenherzigsten Menschen der Welt. Das ist der gute und süße Anteil, und was jetzt? Jetzt bin ich zuckerkrank. Dieses Süße hat mich dazu gebracht zu glauben, dass das Leben außerhalb wunderbar wäre und nur ich primitiv, eingeschlossen in meiner Gesellschaft und meiner konservativen Familie. Das brachte mich durcheinander. Von dem Moment an, als ich euch traf, wollte ich aus meinem Leben fliehen und nur mit euch zusammen sein. Ich habe mich in meine Feinde verliebt.« Mohammed versucht zu lächeln. »Als ich Michaela kennenlernte, wurde mir klar, dass dies das Leben war, das ich mir wünschte. Sie sah in mir nichts anderes als in ihren anderen Freunden. Ich glaubte mir selbst nicht – dort, mit ihr, brachte ich den Müll hinunter, ging einkaufen, fing sogar ein bisschen an zu kochen, und abends trank ich Bier und hörte Jazz. Zum ersten Mal in meinem Leben spürte ich, was Glück bedeutet. Ich konnte es kaum fassen, das größte Glück war der Spielplatz gegenüber unserer Wohnung, dort schaukelte ich. Wo hatte ich als Kind geschaukelt? Das war ein solcher Spaß, dieses Schaukeln. Das Leben mit ihr nannte ich ›die Normalisierung Mohammeds‹.«

Wieder versucht er ein Lächeln, aber seine Lippen gehorchen ihm nicht. »Michaela«, flüstert er, wie ein Gebet, und bedeckt das Gesicht mit den Händen.

»Bis heute stelle ich mir vor, mit ihr zu leben. Ich sehne mich nach dem Fluss, dem Wald und dem Spielplatz, den wir vom Fenster aus sahen. Und ich denke daran, dass es dort weder Soldaten noch Waffen gibt, ich sehe mich in meiner Fantasie das leben, was normale Menschen Leben nennen, und die Luft, die in meine Lungen strömt, hat einen anderen Geschmack. Aber ich weiß auch, dass nicht die ganze Welt aus Friedenskämpfern besteht, auch Michaela ist nicht die ganze Welt, ich fühle die Verpflichtung meiner Familie gegenüber, der Tradition – Dinge, die mich schließlich ausmachen. Hier, wenn man mich den Müll runterbringen sähe, wäre ich verloren. Aber manchmal kehre ich in Gedanken zurück und lebe mit Michaela in unserem eigenen Paradies. Schau nur, wie einfach Mohammeds Paradies ist – keine Schlösser, nicht mal Frieden im Nahen Osten. Ich möchte nur Müll hinunterbringen und derjenigen Freude bereiten, die ich liebe, und vielleicht noch einen kleinen Spielplatz neben dem Haus haben.«

Etwas steigt in mir auf, bleibt mir im Hals stecken.

»Manchmal denke ich, mein Herz ist zerbrochen, aber dann wieder nicht, und letztlich werde ich nie die Hoffnung aufgeben. Es ist die Hoffnung darauf, dass die Dinge eines Tages gut werden, dass der Tag kommen wird, an dem wir in Freiheit und Frieden leben werden.«

Er nimmt die Hände vom Gesicht, blickt mich aber nicht an, er starrt auf den Tisch.

»Mohammed, genug«, sagt er sich. Wieder blättert er in dem Heft mit den Gedichten. Jetzt erst schaut er mich an. Er sieht, dass ich seinen Schmerz teile.

Er versucht, mich aufzumuntern, und sagt: »Traurig zu sein ist allemal besser, als dumm zu sein.« Und dann fügt er hinzu: »Das war der Dichter, der zu dir gesprochen hat.«

»Willst du noch eines hören?

Noch ein Liebesgedicht«, sagt er.

Und einmal stieg es auf, mein Herz, und sagte flieg.
Ich fragte: Wie?
Es antwortete: Aus eigner Kraft.
Es brauchte keine Flügel.
Ich flog.
Ich flog.
Ich flog.
Ich sank.
Lehre mich, Liebesjäger zu sein, bat ich die Erde.
Aber ich schloss mein Inneres ein, ich gehe nicht und komme nicht.
Ein schwarzes Tor fiel hinter mir ins Schloss.
Seine Angeln und Schrauben von Spinnweben überzogen.
Der Torwächter döst. Ist eingeschlafen.
Wer wird das Tor öffnen?

»Jetzt hast du genug gehört«, befindet er, als er fertig gelesen hat.

Und dann sagt er, ganz unvermittelt: »Es ist an der Zeit, dass du Emil triffst.«

Zum ersten Mal steigen in mir, als ich seinen Namen höre, keine alten Bilder auf. Zum ersten Mal frage ich mich, wie er wohl heute aussieht.

Ist er kahl oder hat er noch immer sein volles Haar?

Kleidet er sich jetzt normal oder ist er noch immer der polnische Typ im Anzug?

Brille?

Bestimmt.

Dick? Dünn?

Er sieht sicher gut aus, antworte ich mir.

»Du musst Emils Geschichte in dein Buch aufnehmen«, sagt Mohammed.

Ich spüre einen leichten Druck in den Schläfen.

»Natürlich kommt er in mein Buch.«

3. Februar 2015

Drei palästinensische Terroristen verübten am Damaskustor in Jerusalem einen Anschlag mit Schusswaffen und Messern. Eine Polizistin vom Grenzschutz kam ums Leben und drei Zivilisten wurden schwer bis mittelschwer verletzt. Der Grenzschutz erwiderte das Feuer und erschoss die drei Attentäter.

Gleich nach den Kurznachrichten kehrten sie im Radio zu der vorbereiteten Tonspule zurück, und die bekannten Klänge des *Lieds der Erneuerung* lösten die Nachrichten ab.

In deinem Garten
blühen plötzlich durcheinander
der Baum der Träume,
der Baum der Erkenntnis.
Schau dir das Werkzeug an,
das du im Garten gelassen hast,
der Hammer, die Leiter, die Hacke.

Ich singe auch.

Juli 1970

Rafael stand vor meiner Tür.

»Ich gehe zur Panzerbrigade.« Er winkte mit dem ersehnten Stellungsbefehl und schaute mich mit seinen freundlichen Augen an.

Eine Welle des Glücks schlug über mir zusammen.

Das ist er, der dich liebt, das ist er, den du liebst, sagte mein Herz.

Und Emil wird in der Kantine Waffeln verteilen.

Februar 2015

Tel Aviv

Mohammed schickt eine SMS.

»Passt es dir, Chen Ende nächster Woche wieder zu treffen?«

»Und was ist mit Emil?«

»Er ist noch immer krank.«

Ein trauriges Gesicht.

»Was hat er?«

»Irgendetwas mit dem Bauch.«

Der Betrüger.

Emil will mich nicht treffen.

Juni 1972

Abschlussfeier des Gymnasiums

Wir waren bei Rina, denn ihre Eltern spielen Bridge mit Racheli Eltern, und an ihren Kartenabenden konnte man bei Rina eine Party feiern.

Wir hatten glatte, strahlende Haut, straffe Brüste, pralle Hintern und üppige, wallende Haare, dazu Plattenhüllen, volle Aschenbecher, Parfümdüfte und Bierflaschen. »*Put your head on my shoulder*.« Im abgedunkelten Zimmer tanzten wir eng umschlungen.

Wir waren auf dem Gipfel, hatten das Gefühl, dass nichts in der Welt uns trennen könnte.

Plötzlich tauchte Emil auf, ignorierte mich und ging an mir vorbei.

Racheli hatte ihm bestimmt erzählt, dass ich wieder mit Rafael zusammen war.

Emil schaute Racheli an, und ich hörte, wie Rina Micki zuflüsterte, sie habe die beiden am letzten Schultag zusammen hinter dem Schulhaus gesehen. Das war der Weg, der einmal uns gehört hat, ihm und mir.

Es ist mir egal. Ich fühle mich in Rafaels Armen beschützt. Er ist einen Kopf größer als ich, er hält mich fest, er hört nicht auf, mich anzulächeln. Ich bin alles für ihn, ohne Forderungen und ohne Prüfungen. Ich schmiegte mich an ihn, und er sich an mich.

Vor Mitternacht verließen wir die Party.

Wir gingen schweigend dicht nebeneinander her.

In seinem Zimmer schob er eine Hand unter mein Kleid und flüsterte mir ins Ohr, er liebe mich. Gegenstände fielen um, wir erschraken, fürchteten, seine Eltern könnten aufwachen, aber unsere Lust war unbändig. Beim ersten Tageslicht wollte ich nach Hause gehen. Rafael fragte, ob ich ein Glas Milch wolle. Er sagte, er würde jeden Morgen, kaum habe er die Augen geöffnet, ein Glas heiße Milch trinken.

Wir tranken Milch, und der weiße Schnurrbart, der auf seiner Oberlippe zurückblieb, brachte mich zum Lachen.

Mein Lachen weckte seine Eltern.

Rafael erklärte ihnen, wir seien gerade erst von einem nächtlichen Lagerfeuer zurückgekommen.

Seine Mutter, die meine geröteten Wangen bemerkte, zog seinen Vater zurück ins Schlafzimmer.

Rafael brachte mich nach Hause. Er sagte, nach der Armee werde er bestimmt einen Platz in der Philharmonie bekommen, und sie würden für mich auf meiner Hochzeit spielen.

Zehn Tage später meldete er sich bei der Panzertruppe.

August 1973

Meine Geburtstagsparty.

Alle waren da.

Rafael und Micki kamen in Uniform, sie hatten mir zu Ehren um Sonderurlaub gebeten.

Auch Emil erschien. Er tanzte nicht, warf nur einen Blick durch die Tür und ging wieder. Kurze Zeit danach verschwand auch Racheli. Sie kamen nicht zurück zur Party.

Das war unsere letzte Party.

Danach fing der Krieg an.

Dezember 1973

Es war leichter, sich nicht mehr zu sehen.

Aber Racheli hatte Geburtstag.

Ich dachte, ich sollte sie trotzdem treffen.

»Es kann nicht mehr sein, wie es einmal war«, sagte sie zu mir und verzichtete auf eine Party. Bestand auf dem Verzicht.

Ich beschloss, sie dennoch zu überraschen.

Es war Abend, und es regnete. Ich wollte ihr ein Geschenk überreichen und gratulieren.

Vor dem Tor entdeckte ich Emils Fahrrad.

Trotzdem klopfte ich an die Tür im Erdgeschoss.

Niemand antwortete.

Ich legte das Ohr ans Schlüsselloch.

Drinnen blieb es still. Rachelis Eltern spielten an diesem Abend Bridge.

Ich ging in den Garten, der das Haus umgab, versank fast im Schlamm, versuchte, an den Blumenbeeten entlangzubalancieren, stieß gegen einen Ast des Zitronenbaums, nahm den Schlag ins Gesicht schweigend hin, näherte mich Rachelis Zimmer.

In der Scheibe spiegelte sich mein Gesicht. Ich drückte mich ans Glas, sah schwaches Kerzenlicht. Ein flackerndes Flämmchen. Vielleicht war es auch ein Nachtlicht.

Mir war, als hörte ich Stimmen.

Ich sah genauer hin. Meine Stirn lag an der Scheibe, der Wind war durchdringend, der Regen nahm zu, ich sah Schatten.

Zwei.

Ich zog mich zurück.

Aus den benachbarten Häusern drangen schwache, tanzende Lichter. Ich ging durch die leeren Straßen unseres Wohnviertels, vorbei an Rafaels Haus. In seinem Zimmer brannte Licht, seine Mutter saß immer dort, seit er gegangen war, und wartete auf seine Rückkehr. Ich war unfähig, auch nur einen Moment stehen zu bleiben. Ich ging an Gadis Haus vorbei. Seit er gefallen war, brannte dort Tag und Nacht Licht. Bei Micki war es dunkel, die Rollläden waren heruntergelassen. Seit dem Krieg waren seine Eltern in eine Wohnung nahe der Klinik gezogen. Rina lebte jetzt in Jerusalem. Sie studierte an der Universität, ihre Eltern waren ihr gefolgt, sie hielten es in dem leeren Haus nicht aus.

Wir waren erst zwanzig. Ich lief durch das stille Viertel.

Emil hatte recht. Es gab niemanden mehr, dem er Waffeln hätte verkaufen können.

Plötzlich war es mir klar, er war der Einzige, der in der Lage gewesen war, einen anderen Weg von dem Berg hinunter zu finden.

Ich wollte Emil, ich wollte, dass etwas von früher nicht zu Ende war, es sollte weitergehen, oder eher, es sollte noch einmal von vorn anfangen.

Aber Emil wollte Racheli.

Vielleicht wollte er mich wirklich nicht?

Es hatte aufgehört zu regnen, Wolken jagten über den Himmel und ein großer Mond überschüttete meinen Weg auf den bekannten Straßen mit fahlem Licht.

Mir war zugleich heiß und kalt.

Ich hörte nicht auf zu gehen, bis meine Füße mich zurück zu Rachelis Haus führten.

Emils Fahrrad war verschwunden.

Licht drang heraus.

Ich klopfte an die Tür. Nur leicht.

Sie machte die Tür auf, mit zerzausten Haaren und sehr schön. Auf ihrem Gesicht lag ein Ausdruck von Missbilligung und Zorn. Ohne dass ich etwas gefragt hatte, sagte sie, sie könne nicht schlafen. Sie lese. Das Nachtlicht in ihrem Zimmer fiel auf das Bett, auf dem ein Buch über Planeten lag. Ich werde ihr das verpackte Geschenk geben, dachte ich, gratulieren und gehen.

»Sag, wusstest du eigentlich, dass Rafael beim Armeemusikkorps angenommen worden war?«, fragte sie.

»Ja, warum?«

»Egal«, antwortete sie, aber als ich das Zimmer verlassen wollte, fuhr sie fort, »denkst du manchmal, dass es vielleicht wegen dir …«

»Was wegen mir?«

Sie versuchte es zu erklären.

»Nein, nicht wirklich.«

Ich schaffte es nur mühsam, meine Beine zu bewegen. Sie waren wie festgenagelt. Dann ging ich rasch fort, bevor sie weitersprechen konnte.

*

Wo war Racheli? Plötzlich wollte ich sie finden. Mit Rina hatte ich im letzten Krieg gesprochen, aber Racheli war diejenige, die nach dem Jom-Kippur-Krieg gesagt hatte, der Tod unserer Freunde sei auch unser Tod. Während des ersten Libanonkriegs hatte sie das Land verlassen, sie hatte gesagt, Emil habe vermutlich recht damit, dass die Kriegsindustrie weiterhin Kriege produzieren werde, und sie wolle keine Kinder für Kriege auf die Welt bringen. »Dann lass uns was daran ändern«, forderte ich. Damals hatte ich mich der *Peace-Now*-Bewegung angeschlossen.

»Ich möchte leben und nicht demonstrieren«, hatte sie gesagt. »Geh und suche Emil.«

Ich rannte von Demonstrationen zu Versammlungen, meine Wohnung und mein Auto füllten sich mit Stickern gegen die Besatzung und für Frieden.

Und Racheli bestieg ein Flugzeug nach Amerika.

»Auch Amerika ist ein Sehnsuchtsland für Juden«, hatte sie beim Abschied gesagt.

In den ersten Jahren kam sie zum jüdischen Neujahrsfest und an Pessach zu Besuch, sie feierte auch ihre Hochzeit mit Joe, dem Amerikaner und Harvard-Absolventen, in Israel. Damals waren ihre Eltern noch am Leben. Sie wollte Großeltern für die Kinder, die sie bekam. Und Sonne und Strand. Ich wartete auf sie, so wie man auf eine Tante aus Amerika wartet. Sie brachte mir Gesichtscreme von Clinique mit, Parfüm von Estée Lauder und einen elektrischen Rasierapparat für die Beine. Im Lauf der Jahre wurde sie zu einer unbekannten Frau – sie schminkte sich die Lippen rot, trug elegante Kleider und Nylonstrümpfe und redete über Beverly Hills und Sales bei Barneys. Jetzt wollte ich plötzlich über Dinge sprechen, über die zu sprechen wir nicht geschafft hatten.

März 2015

Tel Aviv

Ende des Winters. Ich bin auf dem Weg, Chen wiederzutreffen. Im Café suchen wir uns einen ruhigen Tisch in einer Ecke, damit ich aufnehmen kann, was Chen erzählt.

An diesem Morgen ist es fast unmöglich, der Sonne zu entgehen. Wir ziehen es vor, im überdachten Teil zu sitzen, vor dem Platz mit den Geschäften. »Als wir uns das erste Mal trafen habe ich gerade meinen regulären Dienst bei der Armee beendet«, sagt er.

Ich lächle ihn an. »Und jetzt kommt der zweite Teil.«

Er nickt und beeilt sich zu sprechen. »Der Militärdienst ging zu Ende. Ich fuhr nicht nach Amerika oder nach Nord-Thailand, ich lernte Schauspielerei – Tschechow, Ibsen, Brecht. Und in Israel fand ein großer Wandel statt – Rabin wurde Ministerpräsident, die Osloer Abkommen waren auf dem Weg. Ich beendete mein Studium, ich hatte eine Freundin, ich bekam ein Engagement am Theater in Be'er Sheva. Einmal im Jahr traf ich während der drei Wochen Reservedienst mit meinen Kameraden vom Militärdienst zusammen, die alle psychische Schäden davongetragen hatten. Wenn man schon in den besetzten Gebieten dienen musste, diente ich lieber in Gaza, das war näher an Be'er Sheva, und ich konnte noch rechtzeitig zu den Vorstellungen kommen. Ich machte mir etwas vor, ich sagte mir, wenn das israelische Volk in Gefahr sei, könnten mein Panzer und ich den Feind aufhalten. In der Zwischenzeit, bis meine heroische Fantasie auf die Probe gestellt wurde, war ich zufrieden. Ich spielte Peter, den Freund von Anne Frank, ich war auch Ralph Berger, der amerikanische Revolutionär in der Zeit des Börsenkrachs in den Staaten. Auf der Bühne setzte ich mich mit den Mitgliedern einer kleinbürgerlichen Familie aus der Bronx auseinander, ich war dieser und jener, wechselte die Identitäten. Und nach den Vorstellungen legte ich mein Kostüm ab, zog die Uniform an und verteidigte das Land. Alles in allem war alles gut. Doch eines Tages stand ich am Checkpoint, und eine junge Frau mit einem Baby flehte mich an, sie passieren zu lassen, ihre kleine Tochter habe hohes Fieber. ›Bringen Sie eine Genehmigung‹, sagte ich zu ihr. Nun, da der Frieden auf dem Weg war, war es leichter, den Befehlen zu gehorchen, aber in diesem Fall war es schwer, denn ich hatte selbst eine kleine Tochter im Alter dieser Kleinen. Die Frau musste das verstehen, ich hatte ein Land, und Soldaten waren dazu da, es zu schützen, und jetzt hatte ich eine Tochter, die ich beschützen musste. Es war ein Zickzack, ja, es gab keine Steine, jetzt machte man Frieden, in diesem Gebiet herrschte Ruhe.

Der erste Entwurf des Oslo-Abkommens war unterschrieben. Ich wurde wieder zum Reservedienst einberufen. Diesmal in der West Bank. Gemeinsame Patrouillen, wer konnte es glauben? Was für ein großartiger Moment.« Chen öffnet seine klaren, grünen Augen. »Zweimal am Tag kamen zwei Jeeps der Palästinenser und zwei von uns. Wir fuhren hintereinander her, und auf dem Weg bejubelte man uns. Wir waren unterwegs zur Polizeistation in Dschenin. Dort setzten wir den Friedensprozess fort und nahmen die Patronen aus den Waffen. Ich hörte das Echo des Entladens. Aufregend. Wir trafen Abu Rami, den Polizeikommandanten. Man servierte uns Kaffee und Baklava. Wir plauderten. Da war der Frieden, und ich war Zeuge. Der Bataillonskommandeur sagte, ›let's get to business‹, und mit einem halben Lächeln wegen des seltsamen, ungewöhnlichen Auftrags betraten wir ihr Lager und zählten die Waffen. Na gut, sie mussten wissen, wer hier das Sagen hatte. Das war dumm, denn in einem Stockwerk darüber oder darunter konnten sie natürlich ein Waffenversteck haben. Trotzdem, sie mussten wissen, wer der Boss war. Man durfte nicht naiv sein, man konnte sie nicht vom Kriegszustand entlassen, ohne jede Kontrolle. Man sollte mir nur nicht meine Euphorie kaputt machen.

Durfte ich trotzdem etwas fragen? Wenn es ein Friedensabkommen gab, warum blieben die Aufträge dann die gleichen?

Warum blieb die Routine die gleiche Routine? Und warum blieben die Straßensperren? Und warum sah ich mit eigenen Augen, dass es immer neue Siedlungen gab? Und warum blieben bei der Armee die Befehle die gleichen? Wieso änderte sich der Ton nicht? Und wenn es weniger Terrorakte gab, warum rekrutierte man mich immer wieder zum Reservedienst?

Und dann wunderte man sich bei uns, dass sie uns die Feier versauten. Sie und ihre Anschläge. Auch auf unserer Seite fing die Vernichtungsfeier an – man brachte Rabin um. Und schwups tauchte Netanjahu auf. Netanjahu versank, Barak kam, es gab das Versprechen einer Morgenröte, und dann ›Es gibt keine Partner‹ und ›Es gibt niemanden, mit dem man reden kann‹ und ›Wir haben jeden Stein umgedreht‹.

Ich bekam den Auftrag, mit dem Panzer zur Grenze zu fahren. Endlich war ich Soldat des Panzerkorps. Ich saß im Panzer. Ich sah die Palästinenser, die uns anbettelten, ihre Dörfer verlassen und sich an einem anderen Ort niederlassen zu dürfen. Ich sah Kolonnen von Menschen, die sich vor den Sperren zusammendrängten und warteten, ich sah Zäune und Mauern, und die Siedlungen wurden erweitert. Ich sah den Frieden von dort, nicht von hier, ich sah eine lebendige, aktive Besetzung. Und bumm, noch mehr Bomben, Terroristen, Verletzte, Tote, ich sah Busse, die in die Luft gejagt wurden, Terroristen, die sich umbrachten. Alles brannte, ein Chaos ohne Krieg, ein Durcheinander des Friedens. Die Realität machte uns große Angst. Die Zweite Intifada war in vollem Gang. Ich war wieder Soldat.«

»Kannst du aufhören? Hast du nicht noch ein anderes Theaterstück?«

»Vietnam«, sagt er, und ich bin froh, dass er keinen anderen Krieg gewählt hat.

»An einem Abend rief uns der Divisionskommandant zur Dienststelle. In einer kleinen Siedlung gab es einen Toten. ›Sie wollen Panzer.‹ Er war unter Druck. ›Wir müssen noch heute ins Lager, um zwei, drei Häuser zu zerstören‹, sagte er.

›Sind das die Häuser der Täter?‹, fragte ich.

›Nein, es steht noch nicht fest, wer die Mörder sind, aber wir haben den Befehl, illegale Häuser zu zerstören‹, antwortete der Divisionskommandant.

Ich gab nicht nach. ›Was, ist das hier etwa der Wilde Westen?‹

›Wir haben unsere Befehle‹, wiederholte er.

Ich konnte es nicht glauben. Warum sollte ich mit meinem Panzer Häuser zerstören! War ich jetzt ein Handlanger der Siedler? Und außerdem, es herrschte doch Frieden. Er verzögerte sich zwar, doch er war unterwegs, und ich fragte, wie zum Teufel funktioniert die Armee während des Friedensprozesses? Man zerstört Häuser, die ohne Bauerlaubnis errichtet worden waren? Es machte mich wahnsinnig.

Ich rief zu Hause an und sagte zu meiner Frau: ›Tu etwas, der ganze Sektor geht bald in Flammen auf.‹

Sie wandte sich an Journalisten, aber es half nichts.«

Chen rutscht unruhig auf seinem Stuhl hin und her.

»Im Morgengrauen führten wir den Befehl aus. Möbel, Bekleidungsstücke und Geschirr schwirrten durch die Luft. Es roch nach Staub. Wir warfen das ganze Leben dieser Menschen durch die Luft. Wie zu erwarten war, ging der ganze Bereich in Flammen auf. Sie schossen aus ihren Häusern auf uns, ein Soldat wurde am Bein getroffen, und wir verletzten sechs Palästinenser. Und wofür? ›Man muss ausüben, zeigen, dass wir noch da sind, dass sie kein Recht haben, uns zu verletzen, das ist ein

Befehl von oben‹, begründete der Divisionskommandant unser Vorgehen.

Am Morgen kamen die Siedler mit einem Transparent, auf dem sie sich bei der Armee bedankten und ihre Wertschätzung bekundeten. Sie tanzten und sangen. Ich schrieb eine Beschwerde an den Oberbefehlshaber. Ich schrieb, ich sei nicht bereit, Häuser zu zerstören, ich sei nicht bereit, an einem Krieg teilzunehmen, dessen Ziel und Zweck ich nicht begriff. Zu meiner Überraschung war ich nicht allein – dreißig Offiziere und Soldaten der Einheit wollten den Brief unterschreiben. Ich war überwältigt von diesem Echo.

Zwei Monate später bekamen wir eine Antwort, dass unsere Beschwerde überprüft worden sei, alles sei rechtens und im Einklang mit dem entsprechenden Gerichtsurteil gewesen. Die Häuser wurden zerstört, weil sie nicht den Baurichtlinien entsprachen, und die Eskalation sei durch die bewaffneten Palästinenser verursacht worden, die die Bulldozer angriffen … kurz gesagt, bla bla bla.

Ich konnte nachts nicht mehr schlafen, ich quälte mich. Du musst den Dienst verweigern, sagte eine innere Stimme, die mich bedrängte. Aber wie konnte ich meine Kameraden allein zur Front schicken? Was würde mein Vater sagen? Meine Frau? Meine Nachbarn? Du weißt ja, wie wichtig es ist, okay zu sein. Und ich war so einer. Einer, der es allen recht machen wollte, der keine Schuld auf sich laden wollte. Aber ich sagte mir: Du musst dich schuldig fühlen, du hast ein Verbrechen begangen. Erinnerst du dich an den Jungen, den du unter dem Bett hervorgezogen hast? Erinnerst du dich an die Frau, die sagte, ihr Kind sei krank? Und dass du trotzdem sagtest: ›Tut mir leid, bringen Sie eine Genehmigung.‹ Erinnerst du dich, wie sie zusammenbrach?

Kein Mensch wusste, wie es mir ging. Es war ein Albtraum. Ich fragte mich immer wieder, wie zum Teufel geht man mit so etwas um? Für wen? Wohin? Ich war ganz auf mich gestellt, zermürbte mich innerlich. Und dann kam der Befehl zum Reservistendienst. Und obwohl ich auf all die Fragen keine Antwort hatte, wusste ich, dass ich so nicht mehr weitermachen konnte.«

Ende des zweiten Aktes.

3. März 2015

Eine vierzehnjährige Palästinenserin griff einen Polizisten mit einem Messer an und wurde festgenommen. Der Polizist wurde an der Schulter verletzt.

Was, zum Teufel, bringt eine Vierzehnjährige dazu, zuzustechen?

Ich stelle fest, dass Chens Fragen auch in mir echte Zweifel geweckt haben.

März 2015

Jerusalem

Mohammed erscheint zu unserem Treffen wach und voller Energie, er wirkt verändert. Er verkündet mir ohne Umschweife, dass wir in die letzte Phase eingetreten seien, er habe einen Arbeitsplan, es sei an der Zeit, ein paar ungelöste Dinge zu erledigen. Und überhaupt habe er einen neuen Auftrag für mich – ich solle mich an den Vorbereitungen für den israelisch-palästinensischen Gedenktag beteiligen, der in einem Monat stattfinden werde.

»Ich möchte, dass du den Stab kennenlernst. Da ist zum Beispiel Tamara, die bei den Vorbereitungen mitmachen möchte. Das ist ihre Methode, an den armen Kerl zu denken, der während ihrer Wache ums Leben gekommen ist. Oder Noam. Er ist ein ganz anderer Kämpfer, einer, der noch nie im Leben eine Waffe in der Hand hielt. In seiner Militärzeit hat er als Kriminalbeamter bei der Militärpolizei gedient, und an dem Tag, als sein Vater bei einem Anschlag ums Leben kam, untersuchte er den Fall eines Palästinensers, der irrtümlich von euch getötet worden war. Der sinnlose Tod auf beiden Seiten erschütterte ihn.«

»Wir töten, ihr tötet«, höre ich Suliman in Gedanken sagen.

»Noam ist ein ausgezeichneter Organisator. In seinem Stab arbeiten auch Ra'ed und Bassem, beide haben ihre Kinder verloren.«

»Der Ra'ed, den ich in Bait Dschala getroffen habe?«

»Ja, und jetzt wirst du auch Bassem treffen.«

Die Kellnerin kommt. Mohammed bestellt schwarzen Kaffee mit Kardamom. Ich will nur Wasser.

Außerdem, sagt er, habe er noch ein Gedicht, das ich in mein Buch aufnehmen solle. Er will es mir vorlesen.

Eine Geschichte erzähle ich von den Geschichten der Zeit.
Die Geschichte eines Jungen, geboren in Sklaverei,
zu einer Zeit, die keine war.
Geboren in einem Land der Unterdrückung der Seufzer.
Wuchs auf in Leid und Einsamkeit.
Hasste das Licht des Tages und liebte den Mond bei Nacht.
Zählte die Sterne, jeden einzelnen Stern,
und weinte.
Der Himmel, der seine Tränen aufsog, wandte sich an Gott,
hab Erbarmen mit ihm, bat er.
Bring ihn zu uns, damit er ein Stern unter Sternen werde.
Seine Bitte wurde nicht erfüllt.
Der Junge wuchs heran, wurde Vater.
Ach, auf der blutgetränkten Erde suchten das Kind, der
Vater, nach dem Sinn des Lebens.
Er wanderte hin und her.
Eines Tages zeigte sich ihm die Sonne
und verbrannte ihn mit ihrer Hitze.

Plötzlich unterbricht er sich.

»Was ist?«, frage ich.

Er schweigt.

Ich lasse nicht locker. »Wir haben einander versprochen, nicht Poker zu spielen.«

Er schweigt immer noch.

»Was ist los mit dir?«, frage ich.
»Ich denke nach.«
»Worüber?«
»Über mein Leben. Ich denke darüber nach, dass ich von meinem ersten Moment an, als ich die Augen öffnete, wusste, dass ich einen Feind hatte und dass ich, gegen meinen Willen, der Feind eines anderen war. Du bist ein Kind, und noch bevor du etwas vom Leben weißt, erzählt man dir, dass es jemanden gibt, der dich umbringen will und dass du ihn umbringen musst. Wenn du anfängst zu laufen, siehst du, wo immer du hingehst, Soldaten, und man sagt dir ›verboten‹, ›verboten‹, ›verboten‹. Man sagt dir, ›sei vorsichtig‹, ›sei vorsichtig‹, ›sei vorsichtig‹, und das geht bis heute so, du hast keinen Kindergarten, du hast keine Schule, mit sechzehn kapierst du, dass du keinen Personalausweis hast und nie einen haben wirst, dass du kein Land hast, dass dir nichts gehört, und wenn du weitergehen willst, gibt es keinen Ort, an den du gehen kannst.«

Ich notiere mir, dass unsere Luft voller Schießpulver ist, und ich halte den Mund.

»Die Besatzung hat jeden von uns kaputt gemacht«, sagt er und schaut mich mit einem fremden Blick an. »Und trotzdem, wenn du erlaubst, könnte man sagen, dass wir das schlechtere Los gezogen haben. Ich glaube, dass ihr, egal was war und was sein wird, besser dran seid als wir. Letztlich seid ihr die Professoren und wir sind die Klempner. Sogar bei den Friedenskämpfern, dieser Organisation, die so gleichberechtigt ist wie nur irgend möglich, ist es so.«
Wieder schweigt er.

Er verlangt noch einen Kaffee, ich ein Glas Wasser.

»Ich denke, dass man vielleicht wirklich nicht über alles sprechen muss, wenn man gemeinsam etwas erreichen will. Ich werde Chen nie im Leben fragen, wie und wen er umgebracht hat. Ich versuche, unsere Gespräche nicht festzumachen, an diesem: wir sind so und ihr seid so. Sollen wir zusammensitzen und prüfen, wer den höheren akademischen Grad hat? Wer an einer richtigen Universität studiert hat und wer im Gefängnis? Wer freier ist? Werden wir vergleichen, wer mehr leidet? Wer mehr oder weniger recht hat?« Er spricht schnell und flüssig. »Aber ich sage dir, ich bin derjenige, der sich mehr beherrschen muss, sogar wenn es um das Projekt des gemeinsamen Gedenktages geht. Bei der Feierlichkeit sind wir wirklich zusammen, aber ihr feiert am Tag darauf eure Unabhängigkeit, ihr singt, ihr grillt, ihr tanzt auf den Straßen und in euren Häusern. Und ich stecke in der Scheiße. Ich, Suliman, Jamil und die Übrigen – wir feiern die Nakba.

Du willst dich auf Freundschaft einlassen, denke ich, und auf einmal schlägt es ein wie ein Blitz – ich und er, sie und wir. Natürlich bin ich weniger elend, weniger verloren. Mohammed hat recht. Ich sehe ihn an, ich seufze und verberge unter diesem Seufzer Schuld und Niedergeschlagenheit.

»Es sieht aus, als hätten wir euch in einer Sache übertrumpft – in der Zahl der Ermordeten. Ich möchte nicht mit euch abrechnen, aber ich denke, du solltest in deinem Buch schreiben, dass ihr im letzten Krieg siebenundsechzig tote Soldaten und fünf Zivilisten zu beklagen hattet.«

»Wir hatten auch eintausendsechshundertzwanzig Verletzte«, unterbreche ich ihn.

Das beeindruckt ihn nicht. »Wir hatten über zweitausend Tote, unter ihnen, nach eurer Zählung, mindestens achthundert Zivilisten, nach unserer doppelt so viele. Und elftausend Verletzte.«

»Die Mathematik des Nahen Ostens«, sage ich

»Und ich, wie stehe ich da auf der Bühne?«, fragt er sich selbst.

Seine Stimme hat sich verändert, er spricht, als hätte er Stacheldraht in der Kehle. »So geht es mir jedes Jahr vor der Zeremonie, ich tauche ein. Es ist eine Art innerer Abrechnung, ich prüfe mich, ob es das Richtige ist. Bin ich ein Verräter? Habe ich recht? Und am Schluss sage ich mir immer: Mohammed, lass dieses ›Sie‹ und ›Wir‹. Letztlich sitzen sie und wir im selben Boot, und wenn das Boot ein Leck hat und Wasser eindringt, gehen wir alle unter, sie und wir. Weißt du, was mich am meisten schmerzt? Das sind meine Töchter, ich habe sie auf eine beschissene Welt gebracht, und was für ein Vater bin ich – schau mich an, ich tue, als wäre ich ein Held, und dabei bin ich immer noch ein Junge, auf der Suche nach einer besseren Welt.«

Sein Gesichtsausdruck verändert sich, aber er atmet tief, beruhigt sich und liest dann die letzten Zeilen des Gedichts vor.

Mohammed, er hörte seinen Namen, das ist dein Schicksal,
sprach die glühende Sonne.
Geh nach Hause zurück.
Sein Inneres war bedrückt
und er sagte,
ich bin müde.
Die Sonne zog ihre Strahlen ein.
Draußen wurde es dunkel.

So ist mein Leben, so ist meine Zeit.
Dank Gott, meine Geliebte, bleibe ich dennoch hier.

»Dieses Gedicht habe ich an dem Tag geschrieben, an dem Madjda geboren wurde. Dieses Jahr beendet sie ihr Medizinstudium, und in dieser Woche wurde sie zu einem Praktikum in der Klinik von Ramallah zugelassen.« Er richtet sich auf.

»Toll«, sage ich wie eine polnische Tante. »Du wirst also eine eigene Ärztin haben.«

Er schaut mich skeptisch an. »Hoffentlich wird sie mich bald behandeln.«

»In welchem Fachgebiet macht sie ihr Praktikum?«, erkundige ich mich.

»Pathologie«, antwortet er. »Bei uns ein begehrter Beruf.«

Wir lachen beide. Doch dann wird er wieder ernst und gibt mir das Blatt mit dem Gedicht. »Das ist für dich«, sagt er.

»Wer hat es eigentlich auf Hebräisch übersetzt?«, frage ich.

»Emil.«

»Wie geht es ihm?«

»Er wird vermutlich nicht so bald bei Madjda landen … er hat Bauchschmerzen, sonst nichts. Übrigens, vor zwei Tagen habe ich versucht, ihn zu erreichen, um ein Treffen für euch zu arrangieren, aber er hat kein Handy, er will nicht immer verfügbar sein.« Mohammed lächelt. »Doch ich sorge dafür, dass ihr euch bald sprecht.«

»Gern«, sage ich kurz, um meine Aufregung zu verbergen.

Es ist Zeit, zu gehen. Auf der Treppe zum Ausgang, als wir uns verabschieden, überrascht mich Mohammed, indem er sagt, er sei wirklich sehr froh, dass er das alles habe aussprechen können.

April 2015

Mohammed ruft an, mitten am Tag.

»Warum hast du es nicht gesagt?«

»Was habe ich nicht gesagt?«, frage ich.

»Dass du und Emil …«

Emil und ich sind schon lange nicht mehr.

»Er möchte dich treffen.«

Mein Herz beginnt zu rasen. Mir ist nicht klar, ob ich dieses Treffen überhaupt will.

Vielleicht habe ich mich damals, zwischen den Gräbern, auch von ihm für immer verabschiedet. Vielleicht ist es besser, wenn auch meine Vergangenheit für immer in Frieden ruht.

»Was ist los?«, fragt Mohammed am anderen Ende der Leitung, als ich schweige.

»Wann?«, will ich wissen.

»Heute.«

»Wo?«

»Im Ichilow.«

»Wird er sterben?«

»Ich habe dir schon gesagt, dass er nicht sterben wird. Es ist die Galle. Man musste ihm all die Steine aus dem Bauch entfernen, die er nicht auf uns geworfen hat … Er wurde operiert, es ist alles gut.«

Du bist schon sechzig Jahre alt, glücklich verheiratet, hast zwei Kinder, bist fast Großmutter, aber wenn deine Jugendliebe ein

Treffen möchte, legst du Make-up auf, machst dich zurecht, schlüpfst in Jeans, ziehst den Bauch ein und machst dich wie eine Sechzehnjährige auf den Weg.

Zwei Stunden später

Station für Innere Medizin im Krankenhaus Ichilow

Im Flur des Krankenhauses, beim Geruch nach Desinfektionsmittel, beim Anblick der Schwestern und Ärzte, den Blicken der Verwandten, war es noch immer Micki. Viele Jahre sind vergangen, viele Krankenhäuser habe ich gesehen, und doch ist es Micki, von Kopf bis Fuß verbunden, im Koma, beatmet, in der Luft Brandgeruch.

Einen Moment, bevor ich das Zimmer betrete, zu dem mich die Schwester gewiesen hat, habe ich gedacht, dass dieser Besuch nichts anderes als eine sentimentale Laune ist. Ich bin verlegen.

Nun, diesmal wirst du es nicht verpassen. Ich trete ein.

Der Kranke liegt unter einer Decke, aber seine Füße schauen heraus, und ich bin auf Füße spezialisiert. Ich erinnere mich an seine schmalen Füße in den Sandalen, an seine langen, wohlgeformten Zehen. Dann bemerke ich seine Arme, die wie Stöcke aus dem Krankenhaushemd ragen und seitlich neben seinem Körper liegen. Ich trete zu ihm. Sein Kopf ist kahl, die Augen geschlossen, das Gesicht ist mir vertraut, aber seine Haut ist gelb, in seinen Ohren stecken Kopfhörer, er ist versunken in eine Musik, um ihn herum Bücher und Zeitungen. Dann spürt er, dass jemand im Raum ist, er öffnet die Augen, nimmt die Kopfhörer ab.

Unsere Blicke treffen sich. Plötzlich wird mir bewusst, wie viel Zeit vergangen ist.

Er ist nicht mehr der Junge von damals, und auch ich bin ganz bestimmt nicht mehr das junge Mädchen von damals.

Jeans oder Anzug, denke ich, und am Schluss ist es der Schlafanzug eines Krankenhauses.

»Elisabeth«, sagt er zögernd.

Zumindest hat er mich erkannt.

Er schiebt das Kissen höher, um sich aufzusetzen.

Dabei verzieht er das Gesicht.

»Hast du Schmerzen?«, frage ich.

»Ja«, antwortet er mit einem verzerrten Lächeln, versucht, seine Sitzhaltung zu korrigieren, und legt die Hände über der Decke um die Knie.

Er deutet auf einen Stuhl. »Setz dich.«

Bei den drei Schritten zum Stuhl versuche ich, meinen Herzschlag zu beruhigen.

»Also was ist?«, fragt er.

Also was ist? Fast fünfzig Jahre sind vergangen, seit wir uns gekannt haben. Wir erkundigen uns nach unserer Geschichte. Er ist geschieden, hat eine Tochter, er ist Psychologe, wurde aber in Geschichte promoviert, über die politischen Ideologien der Palästinenser bis 1948. Ja, er interessiert sich noch immer für die Sterne, zurzeit verwirklicht er einen Traum und arbeitet an einer zweiten Dissertation, über Meteore.

Während er spricht, suche ich in seinen Zügen nach den Spuren der Zeit, sein Hals ist schlaffer geworden. Aber seine

Augen blitzen noch immer, und wenn er spricht, rollt das polnische R.

Sterne, Pfadfinder, Strand, du bist wie die anderen, Uri, Ilan.

Er erinnert mich an den Moment am Strand, an dem jeder von uns seine Zukunft gewählt hatte.

»Auch du hast deine Zukunft gewählt, nur anders.« Ich lächele den Mann an, der nicht den üblichen Weg gewählt hatte.

»Elisabeth, es ist mir wichtig, klarzumachen, dass ich Kriegsdienstverweigerer war, nicht um euch zu ärgern. Weißt du, dass ich bei den Kanonieren gekämpft habe?«

Er will also trotz allem mit mir über die Armee sprechen.

»Ich war bereit, in dieser Einheit zu kämpfen, weil sie Zivilisten schützte. Ich war sogar stolz darauf, dass ich im Kurs über die Hawk-Flugabwehrraketen gut abschnitt. Aber es war mir wichtig, meinen Ideen und Werten treu zu bleiben, deshalb sagte ich zu meinem Commander, dass ich nicht vorhätte, die grüne Grenze zu überschreiten und in den besetzten Gebieten zu kämpfen. Sie wussten nicht, was sie mit mir anfangen sollten, damals gab es den Begriff ›Verweigerer‹ noch nicht. Am Schluss schickten sie mich zur Quartiermeisterei, und dort hat mich der Krieg eingeholt.«

Wir schweigen beide.

Ich muss die Frage stellen. »Sag, was war das für eine Geschichte mit Racheli?«

»Was meinst du?«

Ich erinnere ihn an die Feier und an Rachelis Geburtstag gleich nach dem Krieg.

»Das nennst du Geschichte? Wie alle anderen wollte auch Racheli mich nicht, weil ich recht hatte. Aber sie war die Einzige, die gescheit genug war, es mir zu erklären. Nach dem Krieg behauptete sie, ich sei der Einzige, der sich freue, der Einzige, der aus dem Krieg mit dem Gefühl komme, gewonnen zu haben. Damals habe ich nicht verstanden, was sie meinte, was sie ärgerte. Heute weiß ich, dass auch der, der recht behält, die Verantwortung hat, den Schmerz derjenigen zu spüren, die sich geirrt haben. Ehrlich gesagt, wies mir Racheli an ihrem Geburtstag die Tür. Seit damals habe ich sie nicht mehr gesehen.«

Auf dieses Szenario war ich nicht gekommen.

Und was ist mit mir? Hast du mich gewollt? Das wage ich schon nicht mehr zu fragen.

Die Krankenschwester kommt herein und erkundigt sich, ob alles in Ordnung sei.

»Es ist ein Klassentreffen, wir haben uns seit über vierzig Jahren nicht mehr gesehen«, sagt er zu ihr.

Und sie sagt: »Sehen Sie, es hat sich gelohnt, sich die Galle entfernen zu lassen.«

Als sie wieder draußen ist, erklärt er: Es ist mir in der letzten Zeit zur Gewohnheit geworden, mich von Organen zu trennen.

»Steve Austin«, sage ich und kichere. »Wovon hast du dich sonst noch getrennt?«

»Es ist nicht lange her, da wurde ich beschnitten«, antwortet er.

Racheli, hör zu, ich habe eine Geschichte für dich.

Gadi hatte recht.

»Im Lauf der Jahre wurde die Sache mit der Beschneidung zu einem seelischen Problem für mich. Ich verspürte das Bedürfnis, mich in körperlicher Hinsicht auf den Platz zu stellen, auf dem ich mich seelisch befand. Ich hatte das Gefühl, dass das

Judentum integraler Bestandteil meiner Identität war und wollte das Judesein und Menschsein auch körperlich spiegeln. Mit dieser Handlung befindet sich der Körper genau da, wo ihn die Seele platziert.«

Obwohl ich seinen Sprachschatz kannte, seine Eloquenz, seine originelle Ausdrucksweise, erschreckte und bezauberte mich sein Reden noch immer.

»Und warum bist du eigentlich nicht beschnitten worden?«, frage ich.

»Meine Mutter hatte Angst vor den Deutschen. Vergiss nicht, ich wurde in Lodz geboren.«

Als er »Lodz« sagt, kehrt meine ganze Kindheit zurück.

Er nimmt einen Schluck Wasser, sein Mund ist trocken.

Nun schaut er mich an. »Es ist nicht leicht, mir zuzuhören.« Er lächelt.

«Das stimmt«, gebe ich zögernd zu.

»Ich denke, dass ich vielleicht nicht zur richtigen Zeit geboren wurde, und vielleicht bin ich auch nicht ins richtige Land gekommen. Damals, in den Sechzigern, war ich wie ein alter, seltsamer Hausierer, der seine Ware verkaufen wollte, ohne Käufer zu finden.« Er spricht ohne jeden Vorwurf. »Übrigens, du weißt bestimmt nicht, dass ich trotzdem ein paar Käufer hatte.« Ein Lächeln erscheint auf seinem Gesicht. »Ich hatte eine besondere Beziehung zu einigen Müttern, die gern jedes polnische Wort hörten, das aus meinem Mund kam. Du erinnerst dich, ich war der einzige Junge im Viertel, der Polnisch sprach und, genau wie sie, diese Sprache liebte, und mich, genau wie sie, nach Polen sehnte. Du weißt wahrscheinlich nicht, dass ich damals, einmal, als du bei den Pfadfindern warst, deine Mutter besucht habe und sie mir ein Buch von Jerzy Kosinski auf Polnisch geschenkt hat.«

Aber ich hatte keinen Flügel, ich hatte keine Bilder an den Wänden, und ich hatte kein feines Speiseservice.

»Ich war verlegen, und die Fragen, die ich an sie richten wollte, blieben mir auf der Zunge liegen«, sagt Emil.

»Es hat sich gezeigt, dass ich auch heute noch Waren im Angebot habe, die keiner kaufen will«, fährt er fort. »Ohne Kunden bezahle ich den vollen Preis für das Geschäft. Nach dem Krieg, nachdem Racheli mich hinausgeworfen hat«, er lächelt, »habe ich im Ausland studiert. Ich dachte, ich könnte mich von diesem Land und von meinen Träumen verabschieden. Aber so war es nicht, ich kam zurück und versuchte es weiter. Was mir mit Racheli passiert war, das ist mir auch mit dir passiert.« Er schaut mich an. »Und es ist mir weiter passiert. Ich behielt auf Gedeih und Verderb recht, bei all meinen Liebschaften. Auch meine große Liebe, die ich geheiratet habe, war am Schluss enttäuscht. Im Libanonkrieg weigerte ich mich, in den Kampf zu ziehen. Ich kam immer wieder ins Militärgefängnis. Ich konnte nicht anders. Meine frisch angetraute Frau hat das nicht ausgehalten. Meine Tochter sagt spöttisch, Liebe, Familie und Freunde würde ich vermutlich erst im Paradies haben.«

Auch das ist fraglich, denke ich.

Sein Großvater, seine Großmutter und sein Teleskop, das waren seine einzigen Freunde.

»Wen würdest du gern im Paradies treffen?«, will ich wissen.

»Zuallererst möchte ich meine Eltern treffen, und Großvater Schmu'el«, antwortet er schnell, und nach einem kurzen Zögern fügte er hinzu, er würde sich auch freuen, Gadi zu treffen, den Schuft. Er erzählt, in einer idiotischen Diskussion unter Teenagern habe Gadi einmal gesagt: Lass dich erst einmal beschneiden, dann kannst du mit mir reden. Im Pfadfinderlager habe ihm der Gruppenleiter nur wegen Gadi erlaubt, in der Unterhose zu duschen. »Und Rafael«, sagte er, »den würde ich wirklich gern treffen.«

Ich ziehe die Augenbrauen hoch.

»Wir haben im Konservatorium bei derselben Lehrerin Unterricht gehabt und hatten ein paar gemeinsame Auftritte, ich am Klavier und er mit der Geige. Rafael war ein begnadeter Musiker, wir haben davon geträumt, einmal mit dem israelischen Philharmonieorchester aufzutreten, aber ich wusste, dass er es schaffen könnte und ich nicht.«

Und ich hatte Panzerbrigade gesagt.

»Ich habe ihn umgebracht«, bricht es aus mir hervor, mit einem Schmerz, der sich jahrelang in einem Vakuum versteckt hatte.

Der Fußboden bewegt sich unter meinen Füßen. Emil richtet sich auf, mit sichtlicher Anstrengung bewegt er den Arm und legt seine Hand sanft auf meine. »Vielleicht waren wir von vornherein verloren«, sagt er mit erstickter Stimme. »Man hat uns mit der Schoah überfallen, man hat uns gezwungen, um unsere Existenz zu kämpfen, unsere Eltern wollten, dass wir stark wurden, und Stärke bedeutete vor allem Panzer und Gewehre und viel seltener Geist und Herz. Wir sind in diese Zeit hineingeboren und sind beide, du und ich, verletzt zurückgeblieben, mit brennender Reue und tiefer Trauer. Heute, in unserem fortgeschrittenen Alter, fürchte ich, es wird weitere Rafaels und Gadis und Mickis geben, und die kommenden Kriege werden wie die früheren sein. Auch die kommenden Helden werden den früheren gleichen. Wir, du, ich, Racheli und Rina und vor allem Micki, werden unsere Toten nicht vergessen. Wir sind dazu verurteilt, sie für immer im Herzen zu tragen.«

Den letzten Satz spricht er stockend. An seiner zerfurchten Stirn und seinen dunklen Augen, die noch dunkler geworden waren, sehe ich, dass ein heftiger seelischer und körperlicher Schmerz ihn gepackt hat.

Aber dann zeigt sich mitten in seinem Schmerz ein Lächeln. Und mit erkennbarer Anstrengung sagt er, Rafael war glücklich, als er sagte, er und ich seien Freunde. Er will weitersprechen, aber seine Schmerzen nehmen zu und er nimmt eine Schmerztablette.

»Warum arbeitest du eigentlich als Psychologe und nicht als Historiker?«, frage ich ihn.

»Geschichte ist letztlich nur Wissen und lässt uns oft keine Hoffnung. Ich habe es vorgezogen, als Psychologe zu arbeiten, vor allem in Gefängnissen, weil ich hoffte, auf diese Art den verzweifelten Menschen ein wenig Hoffnung geben zu können.«

Dann entschuldigt er sich, sagt, die Medikamente benebelten ihn, er schließt die Augen und schläft gleich darauf ein.

Ich bleibe noch lange sitzen, schweigend, in Gedanken versunken, und Tränen schnüren mir die Kehle zu. Melancholisches Verlangen steigt in mir auf, ich bewege mich durch die sich kreuzenden Wege meiner Vergangenheit und spüre, dass meine Liebe zu ihm in einem entfernten Bündel von Nervenzellen gefangen ist. Mir kommt der Gedanke, dass ich, würde ich mein Leben wie aus einem fahrenden Zug betrachten, Emil und Rafael nebeneinander sähe. Beide als meine ersten Lieben.

13. April 2015

Ein Selbstmordattentäter mit einem Sprengstoffgürtel sprengte sich in einem Autobus in Jerusalem in die Luft. Zwanzig Personen wurden verletzt, der Attentäter erlag seinen schweren Verletzungen.

Am Abend sitze ich vor dem Fernseher. Ich sehe Berichte und Fotos. Ich sehe Krankenwagen mit heulenden Sirenen. Wie immer bei einem Anschlag schaue ich mir alles lange und verzweifelt an. Aber diesmal, als der Reporter die Mutter des Attentäters interviewt, die stolz auf ihren Sohn, den Schahid, ist, denke ich, dass es auch welche gab, die davon träumten, Mandela zu sein.

Eine Woche vor dem Gedenktag

Tel Aviv

»*Jallah*, ich bin in Tel Aviv, ganz spontan, können wir einen Kaffee trinken?«, fragt Mohammed am späten Vormittag am Telefon.

Ich zögere keinen Moment. »Klar.«

Mohammed hat sich in diesem Jahr nicht nur in eine Geschichte für mein Buch verwandelt, er ist ein Freund geworden.

»Ich habe Emil besucht«, sagt er. »Wenn es dir recht ist, warte ich auf dich im ›Aroma‹, im Einkaufszentrum beim Ichilow.«

»Abgemacht«, sage ich und mache mich auf den Weg.

»Wie geht es Emil?«, frage ich gleich, nachdem ich angekommen bin.

»Eigentlich ganz gut, aber die Schwester hat mich nach einer halben Stunde aufgefordert zu gehen, sie sagte, er müsse jetzt ruhen. Hoffentlich ist er bald gesund, ich kann mit solchen Situationen schlecht umgehen. Ich brauche nur zu hören, dass jemand krank ist, dass er Fieber hat, Schnupfen, dann sehe ich schon seine Beerdigung vor mir. Auf dem ganzen Weg von Jerusalem hierher habe ich über mein Leben Bilanz gezogen, ich habe gedacht, ich verdanke es unter anderem Emil, dass ich zu den Friedenskämpfern gekommen bin. Ich erinnere mich daran, wie alles an einem Freitagabend angefangen hat. Meine Familie hatte ein Abendessen organisiert, und dann trat ein Terrorist ein, wandte sich an meinen jüngeren Bruder, sagte, draußen sei ein Soldat, und er gab ihm eine Handgranate und befahl ihm, den Soldaten zu töten. Ich weiß noch, wie mein Vater blass wurde, zitterte. Er sagte, der Junge sei erst gestern aus dem Gefängnis gekommen, und bat ihn, unsere Familie in Ruhe zu lassen. Doch der Terrorist entschied, mein Vater habe Feiglinge aufgezogen. Mein Vater hörte das und wurde ganz verrückt, er fuchtelte mit dem Messer, das auf dem Küchentisch lag, lief auf den jungen Mann zu und sagte, er würde jetzt mit ihm Schluss machen. Damit fing ein Duell in unserer Küche an, Gewehr gegen Messer. Ich versuchte, die beiden zu trennen, meinen Vater und den jungen Mann, und im Hintergrund hörte ich meine Mutter flehen, er solle uns nichts antun. Schnell stieß ich das Gewehr weg, packte den jungen Mann an der Kehle, er keuchte, wurde blau, grau, und seine Augen traten aus den Höhlen, er stieß schreckliche Töne aus, und dann habe ich ihn losgelassen.«

»Ihn oder seine Leiche?«

»Ich habe ihn fast umgebracht, aber nicht ganz. Das war der Abend, an dem ich aufgehört habe zu töten.« Er betrachtet seine Hände, als suche er in ihnen nach den Spuren der Vergangenheit.

Ich atme tief ein. Diese Geschichte hatte ich noch nicht gehört.

»Am Tag darauf ging ich zu Suliman. Alle nannten ihn einen Verräter, sie sagten, er sei durchgeknallt, einer, der aus dem Gefängnis gekommen sei und seither Frieden ohne Morden wolle. Ich blieb den ganzen Tag bei ihm. Wir überlegten, wie, bei Allah, wie wir ein Ende der Besatzung ohne Tote und Verwundete erreichen könnten. Ein deutscher Journalist, der Suliman interviewt und sich mit ihm angefreundet hatte, war es, der uns eröffnete, dass es auch bei euch solche gab, die einen anderen Weg suchten. So trafen wir Emil und Chen.

Ich weiß noch, dass ich Emil anfangs nicht mochte. Er war zum Verzweifeln, benutzte Wörter, die ich nicht verstand, sprach langatmig, sagte, alle Handlungen gegen den *mainstream* seien Handlungen von Einzelnen. Ich erinnere mich, dass ich ihn anschaute und fragte, was er eigentlich meine. Was heiße das, einzelne? Glaube er etwa, ich und Suliman und Chen könnten Frieden schaffen? Es ärgerte mich. Irgendwann stand ich auf, ich wollte ihm nicht mehr zuhören. Aber von heute aus gesehen hatte Emil recht. Für Leute wie mich ist es nicht leicht, eine Gruppe aufzubauen, wir gelten als Verräter. Frag meinen Bruder, frag meine Freunde, wo du auch hinschaust, für alle sind wir Verräter. Und trotzdem – es sind jetzt zehn Jahre, und wir sind immer noch da. Es stimmt, ich hatte viele Hoffnungen, die sich noch nicht erfüllt haben, aber …« Sein Blick sucht meinen, ein Lächeln erscheint auf seinem Gesicht. »… vielleicht wenn du bald dein Buch fertig hast …«

Ich bin erstaunt. »Ein Buch ist wie Wein, man muss ihm Zeit zum Reifen geben«, sage ich etwas pathetisch.

»Lass den Wein, ich bin kein Kelterer. Du musst verstehen, wir stehen am Rand. Bei mir zu Hause sagen sie schon ›Mohammed, genug jetzt, wie lange kann man vergeblich sprechen‹. Wenn du zu mir nach Hause kommst und sagst, du kämst in Sachen Frieden, würden alle davonlaufen. Sogar mein jüngerer Bruder lacht über mich, er sagt, alle denken, man könne nichts machen. Alle beten um den nächsten Krieg, sie behaupten, magische Kräfte würden die Region beherrschen. Manche sagen, ›Jede Spinne muss sich um ihr eigenes Netz kümmern‹, das sei die Situation. Jedenfalls werden die Dinge, von denen du sprichst, nicht so bald beendet sein. Die einzigen möglichen Antworten sind Fragen. Doch zumindest wirst du in deinem

Buch schreiben, dass es noch andere gibt, Menschen, die an ihren Träumen festhalten.«

Er steht auf, doch dann, als wäre er von Gefühlen überwältigt, stützt er sich auf die Stuhllehne.

»Je mehr ich darüber nachdenke«, sagt er, »umso mehr bin ich der Ansicht, dass das Buch zum Gedenktag fertig sein sollte. Ich denke daran, dass wir uns genau vor einem Jahr bei Salim an der Tankstelle getroffen haben. In Gottes Namen, erzähle von uns, schreibe, bevor wir tot sind. Erzähle, dass wir lieben, weinen, lachen, frustriert und nervös sind, dass wir hoffen, ich weiß nicht, was – schreib, dass auch meine Mutter salzige Tränen weint, schreib, dass auch wir nicht gerne sterben. Ich weiß nicht, was ich dir noch sagen soll, aber ich glaube daran, dass der Mut zu töten nur die Kehrseite der Schwäche ist. Weißt du was – bitte, schreib, dass es Menschen gibt, mit denen man sprechen kann.«

Ich spüre die Qual der Hilflosen und sage zu ihm: »Ich habe noch nicht alle Geschichten gehört, die ich gern gehört hätte.« Mohammed spürt, dass ich bedrückt bin, er lässt die Stuhllehne los, kommt zu mir und legt mir die Hand auf die Schulter. »Wir werden immer Geschichten haben«, sagt er, »aber jetzt brauchen wir Leser. Wir brauchen Ermutigung, Unterstützung, Anerkennung, die Hoffnung, dass andere Menschen an diesen Weg glauben, dass sie uns zur Seite stehen und uns stärken, wie diejenigen, die an einer Marathonstrecke stehen und die Läufer anfeuern, damit sie das Ziel erreichen. Und wenn wir es nicht schaffen, kannst du doch immer an mich denken. Dann denk daran, dass es keine Sünde ist, einen Menschen glücklich zu machen.« Er schenkt mir ein Lächeln, das in der Wüste Regen fallen lassen könnte.

Zwei Tage vor dem Gedenktag

Tel Aviv

Chen und ich sitzen wieder in dem Café um die Ecke.

»Wir haben uns das letzte Mal getrennt, als du beschlossen hast, dich nicht mehr an der Besatzung zu beteiligen«, sage ich, um ihn zu erinnern. »Jetzt ist das Gefängnis dran.«

»Das Gefängnis, eine goldene Zeit«, sagt er. »Der Zeitpunkt, an dem du hingebracht wirst, ist zwar voller Schrecken und Angst vor dem Unbekannten, aber alles in allem ist das Gefängnis für israelische Kriegsdienstverweigerer nicht die Hölle. Noch dazu kam ich durch ein Disziplinargericht in den Strafvollzug. Ich hätte mir ein Militärgericht gewünscht, dann wäre es wenigstens ein Thema für die Presse gewesen, so blieb es in der Einheit und wurde mit Stillschweigen behandelt, und damit wurde eine offene Diskussion in der Gesellschaft zum Thema Kriegsdienstverweigerer unterbunden. Aber für mich war das Gefängnis der wichtigste Dienst, den ich dem Staat erweisen konnte. Zu meiner Freude bekam ich Unterstützung von meiner Familie, sie entschieden sich für mich. In einer solchen Situation braucht man jede Form der Unterstützung. Ich werde auch nie den Brief vergessen, den Emil mir schrieb.«

»Wirklich? Was hat er geschrieben?«, frage ich.

»Du kennst diesen Typus, den Ältesten der Gemeinde, oder, wenn du willst, den Pionier.« Chen lächelt. »Du kennst bestimmt auch seinen Schlüsselsatz – ›Es ist unsere Pflicht und unser Recht, auf die Besatzung zu reagieren.‹« Er imitiert erfolgreich Emils Redeweise und seinen Gesichtsausdruck. »Ich erinnere mich nicht mehr Wort für Wort, aber ich erinnere mich noch an den Geist des Geschriebenen. In unserem Land haben alle das gleiche Auto, alle kaufen die gleichen Möbel und die gleiche Kleidung. Alle haben die gleichen Wertpapiere und die gleichen Ansichten. Niemand verlässt die vorgegebene Linie. Niemand stellt sich mutig gegen die Besatzung und geht dafür ins Gefängnis. Er hat mir geschrieben: ›Es ist dein Glück, dass du es konntest.‹«

März 1968

»Heute Abend wird es Sternschnuppen geben«, sagte Emil. Er stand am Schultor und wollte mich einladen, das Ereignis zu betrachten. Er sagte, an jedem Abend würden an irgendeinem Punkt der Erde Staubkörner in die Atmosphäre eindringen, durch die Reibung verbrennen und einen erstaunlichen Feuerregen produzieren, und heute Abend gebe es gute Bedingungen, um dieses schöne Schauspiel zu bewundern.

Ich wollte zu ihm gehen, ich wollte zusagen, doch dann hörte ich Rafael, Gadi und Micki.

»Ein Feuerwerk und Staubkörner«, spöttelte Gadi.

Emil schwieg. Er schaute mich an, sein Blick suchte meinen. Ich war voller nicht ausgesprochener Worte, aber meine Augen wichen ihm aus. Er verstand, packte sein Astronomiebuch fester und ging.

*

»Zum Glück konnte ich es tatsächlich«, sagt Chen, »und überhaupt, ich fand heraus, dass ich, wenn ich fest an etwas glaube, nicht verzweifle. Ich bin jemand, der langwierige Prozesse braucht.«

»Odysseus«, sage ich.

»Meine Frau zieht es vor, mich als Tscholent-Eintopf zu bezeichnen, so einer, der langsam köchelt«, sagt Chen.

Der Geruch hatte am Horizont gewartet. Das war der Essensgeruch, der mir die Wintertage meiner Kindheit und Jugend zurückbrachte. Die Tage der Schabbatfreuden.

»Haben Sie noch einen Wunsch?«, fragt die Kellnerin.

Tscholent. Aber ich begnüge mich, wie Chen, mit einer weiteren Tasse Kaffee.

»Du hast mich nach dem Gefängnis gefragt. Seit damals habe ich eine gewisse Sympathie für Gefängnisse entwickelt, bis heute gehe ich in Gefängnissen ein und aus.«

Die Kellnerin, die den Kaffee bringt, hört diesen Satz und hält irritiert inne, das Tablett fest umfasst. »Ich spiele Theater mit Gefängnisinsassen«, sagt Chen beruhigend zu ihr.

Er zieht eine Einladung zur israelisch-palästinensischen Gedenkfeier aus der Tasche und hält sie mir hin. Ich werfe einen Blick darauf und sehe, dass die Feier zum zehnten Mal stattfindet. »Wie seid ihr überhaupt auf die Idee zu dieser Zeremonie gekommen?«, frage ich.

»Dafür müssen wir ein bisschen weiter zurückgehen«, sagt er. »Etwa zwei Jahre, nachdem ich bei der Gruppe ›Mut zur Verweigerung‹ mitmachte, entdeckten wir, dass es auch auf der palästinensischen Seite ehemalige Häftlinge gab, die sich gewaltlos gegen die Besatzung wehren wollten. Nach langen Überlegungen beschlossen einige von uns, hinzufahren und sie zu treffen. Du kannst dir wohl vorstellen, dass ich und meine morbiden Assoziationen am Abend vor der Fahrt keine Ruhe fanden. In meinen Albträumen sah ich die Schlagzeilen in den Zeitungen vor mir. Am Nachmittag darauf verließen wir Tel Aviv und erreichten gegen Abend eine Privatwohnung in Ramallah. Wir waren vier Personen von jeder Seite. Der Mann, der die Tür aufmachte, war Suliman. Man erwartete uns mit Kaffee und Baklava und Bier. Auch Jamil war dort, und du weißt ja, er ist groß und muskulös. Ich sah, wie einer der Israelis blass wurde.«

Ich kann mir die Szene vorstellen.

»Später verstand ich, dass Jamil gesucht wurde. Sie nannten ihn den ›Steinewerfer von Dheisheh‹, aber sie kriegten ihn nicht. Anfangs herrschten Verlegenheit und Misstrauen, aber wir taten, als hätten wir keine Angst, und wir lächelten viel. Ehrlich gesagt, ich erinnere mich nicht mehr an die Einzelheiten. Ich war konzentriert, erforschte die Lage und warf Blicke aus dem Fenster, jedes Geräusch traf mich wie eine Kugel.

Doch schon bald wurde klar, dass wir nicht sterben und auch nicht töten wollten, und so entstand die erste Gruppe auf der Welt, deren Mitglieder vor gar nicht langer Zeit gegeneinander gekämpft hatten. Soldaten, die bis gestern losgeschickt worden waren, einer den anderen umzubringen. Uns war klar, dass wir uns neu erfinden mussten. Wir hatten keine Vorbilder. Die Hippies im Amerika der Sechzigerjahre marschierten nicht gemeinsam mit dem Vietkong. Bosniaken und Tschetschenen gründeten keine gemeinsame Befreiungsbewegung. Es dauerte eine Weile, bis wir verstanden, wer wir waren. Wir fingen damit an, uns gegenseitig unsere persönlichen Geschichten zu erzählen, um uns besser kennenzulernen. Und langsam verstanden wir, dass diese Geschichten der Kern und die Quintessenz waren.

Sie waren der Ursprung, von dem aus wir den Weg von Gewalt zu Gemeinsamkeit gingen.

»Aber was war mit der Zeremonie zum Gedenktag?«, frage ich.

»An irgendeinem Punkt schlug Jamil vor, wir sollten uns auch mit dem Forum der hinterbliebenen israelischen und palästinensischen Eltern treffen. Er sagte, sie seien letztlich die Opfer dessen, was wir getan hatten. Wir wählten als Termin für dieses Treffen den Gedenktag für die Gefallenen der israelischen Armee. Wir wollten, dass das Ereignis Erbarmen und Versöhnung symbolisierte. Wir entschieden, es solle nicht darum gehen, wer im Recht sei und wer stark, wer böse oder gut sei. Nicht dass das einfach ist – es ist eine Bewegung, in der alle Mitglieder in jeder Hinsicht einen hohen persönlichen Preis bezahlen. Von den Israelis verließen uns einige, die es nicht schafften, den Dienst in den besetzten Gebieten zu verweigern. Neulich ist einer der alten Aktivisten weggegangen, weil ihn sein Vater auf dem Krankenbett beschwor, ›sich zu bessern‹. Bei den Palästinensern hat gerade diese Woche ein Gründungsmitglied aufgegeben. Sein Bruder, Mitglied der Hamas, hatte ihn gewarnt. Aufgrund unserer Weigerung, in den besetzten Gebieten Dienst zu tun, waren wir in den Augen vieler Israelis Verräter, und unsere palästinensischen Freunde galten bei ihren Leuten als Kollaborateure. Wir brauchten unsere gegenseitige Unterstützung, wir erlebten Krisen innerhalb der Familien, mit Freunden, ganz zu schweigen von Kriegen, Attentaten, Wahlen … In schweren Situationen versinkt jede Seite in Verzweiflung, fängt wieder an zu hadern, ist frustriert. Aber irgendwie sind wir am Schluss wieder da. Heute, nach zehn Jahren, gibt es etwa hundertfünfzig Menschen, die zu den Friedenskämpfern gehören, und keiner von uns hat auch nur einen einzigen Schuss abgegeben. Wir haben keinen getötet, keinen verwundet und keinen erniedrigt.« Seine Stimme ist heiser geworden. »Das ist ein echter Erfolg.«

»Sag mir, fürchtest du dich noch vor Arabern?« Das will ich unbedingt wissen.

»Natürlich«, antwortet er. »Man wird nicht von allem geheilt, vielleicht ist das auch gar nicht nötig. Ich habe sogar Angst vor der Stimme des Muezzin, der ›*Allahu akbar*‹ ruft.«

Und er fährt fort: »Übrigens, in Krisensituationen rufe ich deinen Freund an, Emil. Ich nenne ihn ›Onkel Mosche‹, meinen Mann vom Berg Sinai. Er ist der beständigste Mann, den ich kenne. Irgendwie verzweifelt er nie, er spricht über die Wahrheit, die sich zumeist bei wenigen findet, er ermutigt sich damit, dass sich in jeder Generation die Erben erheben und an Träumen festhalten. Er sagt, dass wir das tun, was eigentlich alle wollen, und eines Tages werden sich die Menschen besinnen, schließlich wollen alle, dass es ihnen gut geht. Eines Tages werden Oberhäupter von beiden Seiten heimlich ein Abkommen schließen. Weißt du, im Leben läuft vieles im Geheimen ab. Aber am Schluss wird es geschehen, ich sehe es kommen – hier, in Israel und in Palästina, wird sich das Volk erheben …« Er schaut mich an. »Ich stelle mir die Möglichkeit vor.« Er reagiert auf meinen erstaunten Blick. »Es ist schließlich viel verrückter zu glauben, dass sie uns vernichten oder dass wir sie vernichten. Meine Fähigkeit, mir Frieden in unserem Land zwischen dem Meer und dem Jordan vorzustellen, Juden und Araber, eine Zivilgesellschaft, freie Gemeinden, die in Gemeinschaft leben, das ist eine mögliche und notwendige Realität. Versteh mich, für mich ist das kein esoterisches Experiment, es ist meine Existenz, meine Identität. Schon seit zehn Jahren lebe ich ein anderes, ein neues Leben in unserem Land. Ich treffe Suliman, Jamil und Mohammed, wir halten an unseren Träumen fest und bauen zusammen die Zukunft. Und weißt du was? Ich träume nicht davon, sie umzubringen. Und sie wünschen sich nicht meinen Tod. Du weißt, ich habe Dinge getan, die ich vergessen möchte, ich habe Suliman, Mohammed und Jamil vor mir gesehen, die für mich keine Menschen waren, sie waren Mörder, Terroristen. Das war alles. Fertig. Heute weiß ich, dass ich so nicht mehr denken könnte. Die Verbindung zwischen mir und ihnen macht mich zu einem fröhlicheren Menschen.«

»Mich auch«, höre ich mich laut sagen. Das kommt tief aus meinem Herzen, ohne dass ich davon wusste.

Er lächelt.

»Erst neulich sagte ich zu Suli …?«

»Suli?«

»So nenne ich ihn«, sagt Chen. »Wir sind Freunde, nicht wahr? Also, ich sagte zu Suli, und ich sage es auch zu dir, man darf nicht verzweifeln, wir dürfen die Zukunft nicht aus den Augen verlieren.«

Unser Treffen dauert diesmal länger als üblich, aber jetzt sind wir im Begriff aufzubrechen. Chen hat eine Probe. »Das wird sicher die beste Aufführung in der Stadt«, sage ich, während ich die Einladung einstecke.

»Die Plätze sind nicht nummeriert«, antwortet er. »Komm früh.«

21. April 2015

Vorabend des Gedenktages für die gefallenen israelischen Soldaten

Es ist sieben Uhr abends.

Im Radio werden Lieder für die Gefallenen gesendet. Halb acht. Eine Zusammenfassung der Tagesnachrichten. Die Rede des Vorsitzenden der Eltern von Gefallenen. Ein relativ junger Vater, jünger als ich, eine neue Generation Hinterbliebener. Er hält eine Trauerrede für seinen Sohn.

Die Tradition der Heldenhaftigkeit und des Todes hat zu weiteren Gefallenen geführt.

Viertel vor acht. Es beginnt die Eröffnungszeremonie für den Gedenktag auf dem Herzlberg. Zu der Zeremonie kommen der Vorsitzende der Knesset, der Ministerpräsident, der Generalstabschef, der Staatspräsident, hinterbliebene Familien.

Alles ist sehr feierlich.

Die Fahne wird auf halbmast gesenkt.

Acht Uhr. Die Sirene ertönt.

Die Anwesenden auf dem Herzlberg werden aufgefordert, sich zu erheben.

Ich bin zu Hause, im Sessel versunken.

Die Zeremonie der Friedenskämpfer beginnt um neun Uhr, eine Stunde nach der offiziellen Zeremonie. Vermutlich um es Menschen zu ermöglichen, an beiden teilzunehmen, vielleicht auch, um den Palästinensern die Verlegenheit durch die Sirenen zu ersparen.

Ich trenne mich vom Fernseher, nehme Jacke und Handtasche und verlasse die Wohnung. Der Saal, in dem die Zeremonie stattfinden wird, befindet sich unweit von meinem Haus, in einem Gebäude auf der anderen Straßenseite. Trotzdem verspäte ich mich, es ist, als würden meine Beine unterwegs erlahmen.

Vor dem Eingang steht eine Gruppe Menschen, die gegen die gemeinsame Zeremonie demonstrieren. »Verräterin«, beschimpfen sie mich und schwenken israelische Fähnchen. Mein Herzschlag setzt einen Moment aus, doch dann stelle ich überrascht fest, dass ich keine Schuldgefühle empfinde. Aufrecht betrete ich den gut gefüllten Saal und finde in der vorletzten Reihe einen Platz. Trotz der Dunkelheit fällt mir die Heterogenität des Publikums auf, es ist ganz anders als bei uns, wo vor allem weiße Hemden und Blusen zu sehen sind, geschmückt mit den roten Blüten zur Erinnerung an das Blut der Makkabäer. Mein Blick wandert über die Frauen, die Schleier tragen, die in den Reihen verteilt sind, und als er die Bühne erreicht, ist Mohammed schon da.

»Ich bin ergriffen, heute Abend hier zu stehen und zu sehen, dass so viele gekommen sind. Es sind zehn Jahre, dass wir zusammenkommen, Israelis und Palästinenser, um zu gedenken, dass der Krieg keine schicksalhafte Bestimmung ist, dass wir es in der Hand haben, die Situation zu ändern. Wir, Israelis und Palästinenser, die Opfer dieser Auseinandersetzungen, des Schmerzes, des Verlusts, aber auch seine Verursacher.«

Chen, der neben ihm steht, hält ebenfalls ein Mikrofon in der Hand. »Zu unserem Leidwesen ist in dieser Region der Krieg tief im Wesen unserer Existenz eingebettet«, sagt er. »Sowohl bei euch als auch bei uns hat der Krieg zahlreiche Denkmäler hinterlassen, Gedenktage, Hass und Angst. Der Krieg ist Teil unserer Identität geworden. Aber wir müssen unseren Weg und unsere Gedanken ändern. Wir suchen einen anderen Weg.«

Es wird Beifall geklatscht.

Bei Zeremonien zu Gedenktagen darf man nicht klatschen, höre ich eine Stimme in meinem Kopf, aber meine Hände bewegen sich von selbst.

Mohammed und Chen verlassen die Bühne, nach ihnen kommt ein Chor palästinensischer und israelischer Frauen. Sie singen Klagelieder auf Hebräisch und Arabisch.

Arabisch bei einer Gedenkfeier, und die Sprache tut mir nicht weh in den Ohren.

Ich höre Schniefen. Vor mir, hinter mir, neben mir. Warum hast du keine Papiertaschentücher mitgebracht?

Jemand, der vor mir sitzt, reicht mir eines.

Bassem, einer der Gründer der Friedenskämpfer, besteigt die Bühne. Er erzählt, wie zwei Jahre nach der Gründung der Bewegung, seine kleine Tochter eines Tages auf dem Schulweg von einem Gummigeschoss getroffen und getötet worden war. Seine Entscheidung für einen gewaltlosen Weg habe auch dieser schrecklichen Prüfung standgehalten.

Jetzt wird auf der Bühne musiziert.

Durch meine Tränen hindurch sehe ich Rafael.

Er ist hier, mit mir, spielt für mich den Säbeltanz.

Ich bin keine Verräterin.

Aus den Gräbern wird keine Veränderung kommen. Auch ich habe viele Jahre gebraucht, um das zu verstehen.

Die Zeremonie geht zu Ende.

Ich stehe auf. Ich spüre, wie mein Adrenalinspiegel steigt, ich muss gehen.

Am Ausgang bleibe ich einen Moment stehen, suche Emil auf der Liste meiner Verbindungsleute, erinnere mich aber, dass er in einer Parallelwelt lebt.

Ich rufe auf der Station an, möchte wissen, wie es ihm geht.

»Wer spricht?«, fragt die Krankenschwester.

»Elisabeth.« Zum ersten Mal in meinem Leben stelle ich mich laut mit diesem Namen vor.

»Seine Schwester?«

»Fast«, antworte ich. »Wie geht es ihm?«

»Besser. Wenn alles läuft, wie es soll, kann er morgen zum Unabhängigkeitstag nach Hause gehen.«

»Sehr schön«, sage ich erleichtert.

»Einen schönen Unabhängigkeitstag«, wünscht sie mir.

»Das wünsche ich Ihnen auch.«

Ein Jahr später

Am Vorabend des Unabhängigkeitstages 2016

Mohammed ruft an. »Ich bin auf dem Weg zu dir. Wir trinken einen Kaffee und gehen dann zusammen zu der Zeremonie, ja?«

Kurz darauf betritt er meine Wohnung mit Jamil und Suliman.

Wir setzen uns auf die Terrasse, die einen Blick aufs Meer bietet. Ein leichter Wind bewegt die Fahnen, die anlässlich des Unabhängigkeitstages auf den Balkonen der Nachbarn flattern.

Auf der Straße herrscht schon die quälende Stille des Gedenktages.

Ich laufe in die Küche, stelle Tassen auf ein Tablett.

»Schwarz, ja? Ich mag den Espresso aus den Kaffeemaschinen der Aschkenasim nicht«, ruft mir Suliman zu.

»Ich habe schon was dazugelernt«, antworte ich ihm.

Ich bemerke, dass Jamil in der Küchentür steht.

»Ich möchte dir etwas zeigen«, sagt er verlegen und zieht ein altes Foto aus der Tasche.

»Das ist meine Mutter.« Er flüstert fast.

Ich betrachte ihre Augen, die zugleich traurig und hart aussehen. Ihre Haltung ist aufrecht, unbeugsam.

»Wie heißt sie?«, frage ich.

»Hemda Jamil Abdallah«, antwortet er. Seine Stimme zittert leicht.

»Ich habe vor, ihr das Buch zu widmen«, verkünde ich, ohne lange zu überlegen.

Er erschrickt, greift das Foto fester. Mir ist klar, wie sehr ihm die Heftigkeit seiner Gefühle zusetzt.

Auf der Terrasse, in der Dämmerung, mit dem Kaffee in der Hand, frage ich meine neuen Freunde plötzlich, ob sie, wie ich, auch so einen unbändigen Zorn auf die Menschen haben, die uns ganz umsonst das Leben versaut haben.

Aber Mohammed unterbricht mich. »*Jallah*, wir müssen los«, drängt er, »Emil und Chen warten schon auf uns.«

Die Friedenskämpfer

Combatants for Peace ist eine Gruppe von Palästinensern und Israelis, die den Kreislauf der Gewalt im Nahen Osten aktiv durchbrechen: Israelische Soldaten, die in der Armee (IDF) gedient haben und Palästinenser, die offensiv dafür gekämpft haben, ihr Land, Palästina, von der israelischen Besatzung zu befreien. Sie kämpften mit Waffengewalt für ihre Völker, sahen einander ausschließlich durch das Zielfernrohr ihrer Gewehre, die sie aufeinander gerichtet hatten, bis sie 2006 die *Combatants for Peace* auf Basis gewaltfreier Prinzipien gründeten.

Suliman al-Khatib wurde 1973 in Hizma, einem palästinensischen Dorf in Nordost-Jerusalem, geboren. 1987 trat er im Alter von dreizehn Jahren der Fatah bei. Mit fünfzehn Jahren stach er auf israelische Soldaten ein. Er wurde zu fünfzehn Jahren Gefängnis verurteilt. Die erste Zeit verbrachte er in der Jugendstrafanstalt von Hebron. Später wurde er in das Gefängnis von Janad verlegt und arbeitete dort in der Bibliothek. Er las viel, auch über die Geschichte des jüdischen Volkes. Suliman fing an, den Konflikt in einem anderen Licht zu sehen. 1997 wurde er entlassen. Heute lebt er in Ramallah und ist als *Friedenskämpfer* überzeugt, dass diejenigen, die einen persönlichen Preis für ihre aktive Teilnahme am Konflikt bezahlt haben, auch diejenigen sind, die die Situation signifikant verändern können. Suliman ist Mitgegründer und der Manager der *Combatants for Peace*.

Chen Alon, geboren 1969, diente vier Jahre in der israelischen Armee und anschließend elf Jahre als Einsatzleiter der Reservisten. Er wurde 1987 zu Beginn der Ersten Intifada eingezogen und nannte sich selbst einen »*Occupation*-Praktikanten«, da er überall hingeschickt wurde und alles machte. Während der Zweiten Intifada [2000] wurde ihm bewusst, dass die Entmenschlichung des anderen dazu führte, sich selbst zu entmenschlichen. Er wurde ein *refusenik* und verbrachte dadurch einige Zeit im Gefängnis. Heute ist Chen Alon Direktor eines Theaters, Moderator und Dozent an der Universität von Tel Aviv. Auch er war Mitbegründer der Gruppe.

Emil – das ist nicht sein richtiger Name, sondern ein Pseudonym – wurde 1953 in Polen geboren, kam 1959 nach Israel und war einer der ersten Friedensaktivisten der Region und unter den ersten israelischen Soldaten, die sich weigerten, ihren Dienst in der West Bank zu verrichten (1971). Nach seinem Wehrdienst studierte er Psychologie und Geschichte. Er spricht sieben Sprachen fließend. 1982 weigerte er sich, an die Front im Libanonkrieg zu gehen und wurde deshalb inhaftiert. Heute arbeitet er als Therapeut in einer Privatklinik und behandelt regelmäßig ehrenamtlich inhaftierte Palästinenser und Israelis.

Jamil Kassas wurde 1972 in dem südlich von Bethlehem gelegenen palästinensischen Flüchtlingscamp Dheisheh geboren. Er wuchs in einer Familie auf, die unter der *Occupation* massiv zu leiden hatte, verlor Freunde, Familienmitglieder, seinen jüngeren Bruder. Im Gegenzug schloss er sich der radikalen PFLP (Popular Front for the Liberation of Palestine) an und gehörte zu jenen, die den »Krieg der Steine«, die Erste Intifada [1987], organisierten. Jamil, den man den *stone-sniper* nannte, saß wiederholt im Gefängnis, wurde jedoch nie bei Aktionen direkt gefasst. Er koordiniert heute die Bethlehem-Jerusalem-Gruppe. Als ihm seine Mutter klarmachte, dass keine Mutter der Welt mit dem Verlust ihrer Kinder leben kann, fing Jamil an, nach einem anderen Weg zu suchen, um die *Occupation* auf unblutige Weise zu beenden. 2006 trat er den *Combatants for Peace* bei. Heute arbeitet der Vater von vier Kindern als Bauunternehmer und in seiner Freizeit mit Gruppen von der West Bank und aus Israel.

Mohammed Owedah wurde 1971 in Silwan, einem bei den Siedlern sehr beliebten Viertel in Ost-Jerusalem, geboren. Er wurde Sozialarbeiter. Die Erste Intifada [1987] brach aus, als er sechzehn Jahre alt war. Die meisten Männer seines Dorfes waren in Haft genommen worden. Er erinnert sich daran, wie schwierig es war, das Alltagsleben zu meistern, während der größte Teil der Familie im Gefängnis saß. Er griff einen Jeep der israelischen Armee an, vier Soldaten wurden verletzt. Mohammed wurde verhaftet und saß mehrere Monate in einem israelischen Gefängnis. Im Zuge einer Amnestie kam er frei. Mit Beginn der Zweiten Intifada [2000] wurde die *occupation* brutaler, Mohammed verlor viele seiner Freunde. Er entschied sich, die *Occupation* zu bekämpfen, indem er gewaltlosen Widerstand leistete. Als er nach Gleichgesinnten für seine neue Art zu leben suchte, stieß er auf die *Combatants for Peace*, bei denen er seit über acht Jahren aktives Mitglied ist und aktuell deren *General Palestinian Coordinator*.

Dank

Am Ende dieses Buches, aber gewiss nicht am Ende all der Beziehungen und Freundschaften, möchte ich denen danken, die an meiner Seite waren, meiner Familie, meinen Freunden, meinem Verlag und Tal Alon, die die hebräische Originalfassung mit mir durchgesehen hat.

Und ich danke den Helden dieses Buches, die nicht nur Helden in diesem Buch sind, sondern auch in der Wirklichkeit ihres täglichen Lebens.

Mein besonderer Dank gilt meiner langjährigen Übersetzerin Mirjam Pressler, die mir nicht nur professionell, sondern auch als Freundin zur Seite stand.

Und er gilt meiner Lektorin Patricia Reimann, die mich und die Entstehung von ›Sweet Occupation‹ von Anfang an begleitet hat. Sie glaubte an dieses Projekt, und ihre Klugheit, Sensibilität und Expertise haben wesentlich Anteil an diesem Buch, so wie es jetzt zu den Lesern kommt. Dank also und große Wertschätzung. Dieses Buch ist auch Deines.